CUBANOS NATURALES

Domingo O. Castillo Álvarez

ola PUBLISHING INTERNACIONAL

ISBN: 978-1-63765-188-9
LCCN: 2022902737

Hola Publishing Internacional
www.holapublishing.com

Impreso y encuadernado en los Estados Unidos de América

Para Aleida, siempre en mi memoria.

Índice

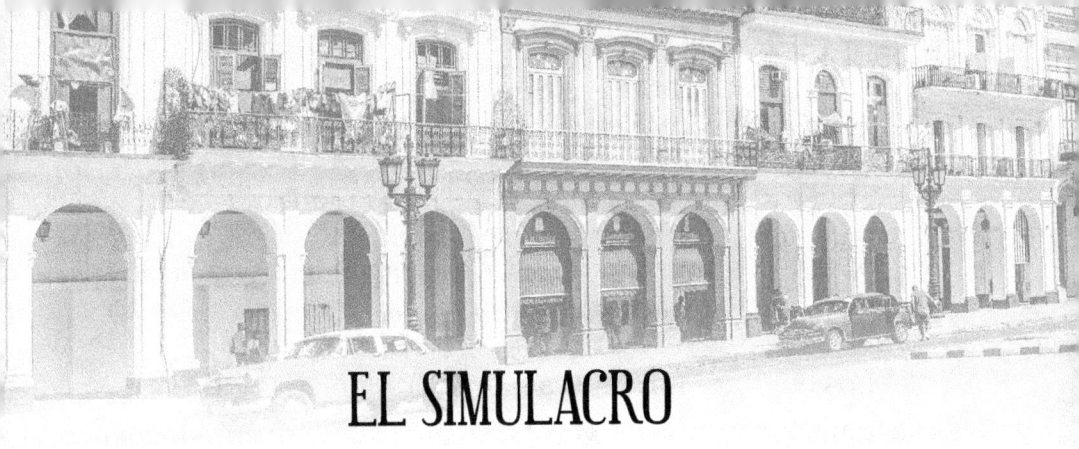

EL SIMULACRO

Como cada tarde, él las esperaba bien vestido y perfumado. Llegaban juntas para la asesoría que les brindaba, gratuitamente, para sus tesis de graduación en la carrera de derecho, pero ese día, Fina llegó sola y saludó:

—Hilda no pudo venir hoy porque se siente mal.

Fina era la menos hermosa de las dos, delgada y no muy alta, aunque su mirada denotaba un erotismo que lo hipnotizaba cuando sus ojos se clavaban en él, como si meditara la consulta que le haría, obligándolo a bajar la cabeza o mirar hacia otro lado para ocultar el deseo en sus ojos, lo cual hizo, en este caso, antes de responderle.

—No importa, podemos adelantar algo. Después tú la actualizas.

—¿Usted está solo hoy?

—Sí, mi esposa fue a acompañar a una prima al hospital.

—Pues no cierre la puerta, trabajemos aquí en la sala.

—En la sala no está la mesa, ni los libros. Si entramos tampoco puedo dejar la puerta abierta. ¿A tu edad, en esta época, con miedo a lo que diga la gente?

11

—A mí no me interesa lo que diga la gente.

—¿Entonces miedo a mí? ¿Te he dado motivo?

—Sí. A veces me mira de una forma que nunca mira a Hilda, a pesar de que ella es más bonita que yo.

—Los hombres miramos a las mujeres que nos gustan; creo que también las mujeres ven a los hombres de su agrado, pero quizás con más disimulo o discreción.

—O sea que disfrutaría mucho acostarse conmigo. Mejor vuelvo mañana.

—No seas tan infantil. Eres mayor de edad y dentro de poco, abogada. ¿Crees que voy a obligarte a algo contra tu voluntad?

Fina se recostó en el sillón donde se había sentado y observó al hombre con curiosidad unos segundos antes de responderle, poniéndolo nervioso con su mirada lasciva.

—Creo que no, usted es un hombre serio. Pero, sólo por saber, si se arrebatara de pronto para forzarme, poseerme, ¿cómo lo intentaría? Porque me parece difícil.

—Nunca se me ocurriría abusar de nadie, aunque en tu caso no sería trabajoso. Soy fuerte, tú eres menuda.

—Le repito la pregunta. ¿Cómo lo acometería?

—Primero te amarraría las manos.

—¿Y si grito?

—Con la casa cerrada o el tráfico de la calle, ¿quién te va a oír?

—¿Y después de amarrarme?

—Te cargo para llevarte a la cama.

—Vamos a realizar un simulacro, como los militares. Me amarra con el pañuelo de mi cabeza.

—¿Seguro que deseas eso?

—Sí, un simulacro me dará experiencia en mi futuro trabajo de jurista.

Fina se quitó el trapo, soltándose el pelo, excitando al hombre aún más. Sin titubear, él tomó el pañuelo para amarrarle las manos.

—Hizo un nudo muy fuerte, se va a romper la tela.

—No lo creas, se irá aflojando; es un tejido muy suave.

Sin mucho esfuerzo la levantó en sus brazos, la llevó al último cuarto y encendió un ventilador.

—¿Ahora qué va? No se tome esto en serio, recuerde que es un juego.

—Un juego que nos gusta a los dos.

Él le quitó la saya luego de echarle las manos hacia atrás y atar el extremo del pañuelo al respaldar de la cama.

—¿Por qué me amarra más?

—Es parte del simulacro, para que la mujer retenida no pueda escapar en un descuido.

Él se quitó el pantalón y calzoncillo, abrió una gaveta, sacó un condón y se lo instaló con prisa.

—¿Acaso me va a poseer de verdad?

—Por supuesto. No soy tonto, sé que es lo que deseas. Te voy a complacer.

—Corra la cortina de la ventana, no me agrada hacer esto con tanta luz.

—Sí, lo haré.

Pero cuando él se acercó a la ventana, retrocedió, perdiendo la erección.

—¿Qué pasó ahora? Se puso pálido. ¿Me va a dejar embullada?

—¡Vi a mujer en la acera de enfrente! Ya va a cruzar la calle. Por tu culpa me volví loco hoy. Esta casa es de ella; si me vota, ¿dónde me meto? Voy a abrirle para entretenerla. Vístete y métete en el baño. ¡Yo le digo que te dolía la barriga!

Él corrió desnudo hacia la sala con el calzoncillo en las manos, olvidando, en su nerviosismo, el pantalón y que dejó a Fina amarrada a la cama, sin oír su reclamo de que la desatara.

EL QUE LA HACE LA PAGA AL CONTADO

Para tipos como yo es difícil soportar a una mujer como jefa. Y si de contra te gusta tanto, peor aún. Aunque en realidad no está tan buena, pero es sexi, se viste muy bien y posee una mirada que acaricia cuando te da una orden. Ella se vuelve muy dura si no cumples con tu trabajo. Entonces te tira los pantalones, te humilla.

Todos le tememos, pues te evalúa sin contemplaciones e igual te quita un estímulo que te declara insatisfactorio, deján-dote en la calle en momentos en que escasean los trabajos.

Aquella tarde no había gasolina para el carro de la empresa. Debía acompañar a mi jefa a una conferencia en la dirección principal y tuvimos que ir en una guagua local, como sardinas en lata. A mitad del camino descubrieron a un carterista. Se formó una reyerta, empezaron los empujones, el chofer cerró las puertas para que no escapara el ladrón y, como íbamos de pie, nos comprimieron contra el fondo. Para proteger a mi jefa me puse delante de ella, pues seguía el pánico, los gritos, la apretazón.

El hecho es que no soy de palo; la estaba repellando sin querer, también queriéndolo, cuando ella me dedicó una son-risa extraña que parece que entendí al revés. Le di un besito

15

en su boquita rica y fue entonces que descifré su sonrisa, porque sus ojos lo decían claramente: "Prepárate, hijo de puta, para lo que te va a pasar".

Aunque ahí no ocurrió nada, fuimos a la conferencia; ella calladita, sin comentarios, y yo más preocupado. «Coño, por esa bobería voy a perder la plaza, tan cómodo como estoy en ella», pensé. Al regresar a la empresa ya era la hora de salida y me atreví a excusarme.

—Por favor, perdone mi frescura. Deme un golpe o dos, o tres; bien dados. Rómpame la boca.

—No, el castigo será diferente. Espérame en mi oficina.

Para allá fui. Me mandó a sentar. Pensé que buscaba un palo en el bañito para caerme a leñazos, pero salió a los cinco minutos sin nada en las manos; cerró la puerta por dentro, se acostó en el sofá que tenía frente al buró, se alzó la saya y abrió las piernas. Estaba sin blume y me ordenó, autoritaria, como era cuando estaba brava:

—Arrodíllate delante del sofá y chúpamelo hasta que te mande a parar con un cocotazo.

—Pero, ¿cómo?

—¿Cómo va a ser? Con la lengua. ¿O es que nunca se lo has hecho a una mujer?

—Sí, pero no en una oficina, o así de súbito.

—¿Qué pasa? ¿Tú no me tenías tantas ganas en la guagua que casi me la entierras en el vientre?

—Sí, está bien. Como usted ordene.

Fueron 10 minutos consagrados al castigo. Tuvo que darme no uno, sino tres cocotazos para que parara; duros que los daba con su manita tan delicada.

—¿Ahora qué le hago?

—Nada, vete. Mañana aquí para lo mismo, a igual hora. Que no me entere que comentas esto con alguien porque vas acusado para un tribunal por abuso sexual con violencia.

De esa primera sesión de la condena salí arrebatado; abusadora como es. Nadie calcula a esa bruja, ningún marido la ha aguantado. El castigo continuó en los días siguientes: era una condena perpetua y el plato lo pagaba mi esposa cuando llegaba a la casa. Le caía arriba donde la encontrara, en la cocina, en el baño, en un cuarto. Ella, al principio, encantada, pero también sospechaba.

—¿A qué vienen esos calentones? ¿Estás tomando alguna pastilla? Se lo conté a Cuca, mi prima. Ella dice que te quitas las ganas conmigo porque te enamoraste de otra.

Me quedaba callado porque era verdad. Pasaba el día como un zombi, con dolor de cabeza, hablaba sólo entre dientes y se me caían las cosas de las manos, que me temblaban. Los compañeros de trabajo, preocupados, preguntaban: "¿Tienes a alguien enfermo?", o "¿Te quieren movilizar para la caña?".

Todo tiene un límite. A los 15 días ya planeaba la venganza, pues el castigo seguía y terminaba con la misma frase lacónica: "Mañana aquí para lo mismo". Inicialmente creí que era sadismo, crueldad, luego descubrí que era lujuria; no le importaba que algún retrasado en irse o la vieja de la limpieza (tremenda chismosa) sospechara o nos vigilara. Si mi mujer se enteraba del enredo en que me había metido, me botaría. Sólo podría ver a los niños los domingos.

Entonces llegó la hora del desquite. Me ayudaba que ella, en su disfrute, cerraba los ojos y cruzaba las manos sobre el vientre. Fue fácil: me abrí la portañuela. Con una mano le atrapé las suyas, con la otra le tapé la boca por si gritaba. Tal vez sorprendida, no opuso resistencia.

La gocé tranquilamente, sin apuro, como se deben ejecutar esas venganzas, hasta que terminé. Me paré desafiante frente a ella, que siguió acostada e impasible.

—Ahora puede acusarme, botarme del departamento, lo que se le ocurra.

—Nada de eso. Mañana lo mismo de hoy, sin apretarme las manos.

EL HOMBRE DE COPPELIA

Violeta va bañadita y bien vestida para sus clases de piano. No necesita venir por aquí, pero pasa por donde estoy, sudado, sin camisa, cortando la leña. Me mira unos segundos con sus ojos verdes y sonríe.

¿Quiere humillarme, decirme algo? ¿O sólo desea que la mire tan linda? Pues a otra hora no podría verla. Será porque sabe que me deja medio loco, con una erección que disimulo con la camisa enrollada en la cintura; para eso me la quito cuando la veo acercarse. Por ello podría darme "un aire", como dice mi madre, y como no tengo valor para abordarla, le entro a la leña con una furia tal que todos me miran extrañados. Lo hago para no darme golpes en la cara y castigar mi timidez.

¿Por qué rayos se desvía por esta calle llena de fango, camiones o carretas repletas de tabaco apestoso? Ni siquiera los camioneros la piropean, pues de tan deslumbrante se quedan babeados porque a su paso es como si llovieran flores, y pobre del que le diga una grosería; tendría que vérselas conmigo. No soy fácil en una bronca, ellos conocen mis puños.

Soñando con Violeta iba por la noche cuando tenía dinero para ver a Petra. Tres pesos de tarifa. Mulata de cuerpo bien hecho y los ojos más tristes que he visto; me aseguró, la primera vez, ya poniéndose la bata de casa: "Hoy te pusiste

19

Domingo O. Castillo Álvarez

nervioso, perdiste el dinero y no fue mi culpa. Otra noche será posible". Pasaron los días y la segunda vez me hizo feliz sobre la colombina de sábanas rosadas, su mirada fue alegre y recuperé mi autoestima.

Pero el infierno existe. Lo supe cuando perdí las piernas y la virilidad por la explosión de una mina en una de aquellas guerras lejanas; ajeno para los cubanos adónde nos mandaron para fijar en el trono a dictadores africanos corruptos.

Fueron meses de hospitales, madrugadas insomnes, y la perseverancia es la madre del éxito. Reté al dolor y caminé de nuevo con piernas de metal y plástico hasta soltar definitivamente las muletas, al fin terminaría la universidad y podría trabajar, aunque sólo hasta la mañana del loco que me preguntó arrogante:

—Oye tú, cojo, ¿quién ganó el juego anoche?

—¿Qué juego?

—¡Cuál va a ser, el de la pelota!

—No me interesa la pelota.

—¿Qué clase de comemierda eres tú que no te gusta la pelota?

—Más comemierda es usted.

Era un demente que decidió, esa mañana, matar a alguien. Fui su elegido. En un segundo sacó el punzón, me lo clavó en el vientre, lo tiró al piso y se quedó mirándome mientras caía al suelo, rodeado por personas aterradas.

Transcurrieron 20 años desde los días en que Violeta, enamorada del hachero, pasaba a su lado, más tímida que él. Y sentada en una heladería, Coppelia ve entrar a aquel hombre que se le parece tanto: estatura, rostro, labios que nunca sonreían, expresión de fuerza, seguridad, pero el que ahora tiene delante la mira con ojos que lo han visto todo, sufridos a la vez; aunque si es él, ¿por qué camina con pasos lentos, como si temiera resbalar?

—Eres Violeta. Tan bella, nunca te olvidaré.

—¿Cómo lo sabe? ¿Quién es usted?

Entonces Violeta apoya una mano en la silla libre, como si pensara sentarse o temiera caerse, y mira a Lidia, la amiga de su amada, que lo observa callada y se retira del salón con sus extraños pasos.

—Vaya hombre raro e interesante. Parece que tiene muchos callos en los pies. ¿Lo conoces?

—Creo que sí, pero no estoy segura. Se parece mucho a un muchacho de quien estuve enamorada y nunca me dijo nada.

Días después del encuentro ocurrió la agresión del loco. Estuvo muy grave hasta viajar a otra dimensión de la vida, o, mejor dicho, de la muerte. Tras varios meses fue tal vez la imaginación por el recuerdo de la última vez que lo vio de cerca, quizás al estar ahora sentada en la misma mesa de la heladería, con igual vestido desafiante de la baja temperatura, acompañada de nuevo por Lidia, bien abrigada.

—¡Por Dios! Observa quién entró y camina derecho como cuando lo goloseaba, hoy sí estoy segura de qué es él.

—Violeta, yo no veo a nadie.

—¡Pero, adónde se metió! Si venía para acá mirándome.

—El helado de moscatel te emborrachó o el frío te hace ver visiones.

PATRICIA EN APUROS

Vino sola desde su pueblo al hospital provincial por el dolor en su brazo luego de una caída. Pensaba solucionar el problema con una receta de pastillas o inyecciones y, tras una larga espera, le dictaminaron una fractura. Salió con el brazo enyesado a una hora en que no encontraría transporte de regreso, ni lo intentó porque ya oscurecía.

Primero pensó en pasar la noche en un banco del cuerpo de guardia; después recordó a Juana, una amiga de su familia que vivía cerca del hospital. Le sería fácil encontrar la casa: un chalé de ladrillos rojos que visitó con su madre cinco años antes, cuando cumplió los 15, pues vinieron a comprar ropa para la fiesta.

No tenía dudas de que Juana la ayudaría, pero, ¿y si no estaba? Se paró vacilante frente a la casa, tímidamente tocó a la puerta, nerviosa, y se echó a llorar cuando Jorge, esposo de la mujer, le abrió y la invitó a sentarse en un sillón al reconocerla.

—Patricia, bienvenida. ¿Por qué lloras?

—¿Usted está solo, no está su esposa?

—No, fue de visita a Miami.

—¡Ay, Dios mío!

—¿Qué tiene que ver eso? ¿Por qué te enyesaron?

—Una fractura. Se me hizo muy tarde, siento miedo de andar sola.

—No hay problemas, tengo la comida hecha. Te bañas, te presto ropa de dormir y luego comemos.

—Antes déjeme llamar a mi mamá para que venga mañana a buscarme. Está en La Habana; fue a ver a mi abuelo.

—Es lógico. Allí está el teléfono.

Un rato después, tras hablar con su madre, Jorge notó a Patricia contrariada.

—¿Qué pasó? ¿Hablaste con ella?

—Sí, no puede venir hasta dentro de tres días. Mi abuelo está ingresado en un hospital. Que regrese sola o espere aquí, si usted me deja.

—Claro que sí, yo estoy de vacaciones. Así tengo compañía. ¿Vas a bañarte?

—Sin bañarme no podría comer ni dormir, ¿y cómo lo voy a hacer con el brazo así?

—Yo te amarro un nailon sobre el brazo.

—Tampoco podría. Soy zurda, puedo caerme.

—Bueno, tal vez me malinterpretes, pero yo bañaba a mi esposa cuando se enfermó… Si quieres te puedo bañar.

—Me va a dar mucha vergüenza, pero no me queda más remedio. Mi novio y yo nos bañábamos desnudos en el río; cerraré los ojos para imaginarme que es lo mismo.

Domingo O. Castillo Álvarez

Él la ayudó a desvestirse, a pararse bajo la ducha de agua tibia y le enjabonó todo el cuerpo.

—¿No me va a enjabonar el toto?

—Pensé que lo harías tu misma con la mano sana.

—¿Le da asco?

—¡Por Dios! ¿Cómo me va a dar asco? Si tú eres preciosa.

Minutos después:

—Usted es muy bueno lavando totos. Me tiene loca; me agarré del tubo de la ducha para no caerme.

—¿No sigo entonces?

—Siga hasta que yo le diga. Tiene el pantalón abultado. ¿Se va a masturbar después?

—Es probable, no soy de hielo. Estás como para comerte.

—Entonces se va a aprovechar para comerme porque no puedo defenderme.

—No te asustes, es sólo un halago. Yo no soy un abusador y tengo el doble de tu edad.

Jorge la envolvió en una toalla, la secó, peinó su larga cabellera, la ayudó a ponerse una bata de casa, y cuando la llevó a la mesa para servir la comida, él ya estaba muy alterado. Esa noche no podría dormir al pensar en ella, deseándola. Así le ocurrió dos horas después, bajo la frazada, y lucubraba lo que no se atrevería a hacer. «¿Qué pasaría si voy hasta su cama? ¿Lo aceptaría? No puedo forzarla. ¿Y si es ella la que viene para acá?», pensó Jorge.

Patricia tampoco podía dormirse por la incomodidad del brazo y porque le temía a la oscuridad o al silencio de aquella casa que le parecía misteriosa. Sólo la consolaban ruidos lejanos de voces antes de volver el silencio. Ella creía ver fantasmas asomados a las persianas; sudaba del miedo y no aguantó más. Se levantó, fue a la habitación de Jorge, que, más nervioso que ella, la vio llegar hasta pararse frente a la cama. Ella sabía que él era comprensivo, no la rechazaría. Si se arrebataba e intentaba poseerla, lo permitiría con tal de dormir acompañada.

—¿Qué te sucede?

—Tengo miedo. Déjeme acostarme en la orillita, no lo voy a molestar.

—Acuéstate.

Le echó la frazada por encima y ahora estaba tan cerca de su calor, de su olor. ¿Cómo podría contenerse? Pero a ella le cosquilleaba algo en su mente y le preguntó en voz muy baja:

—¿Ya se masturbó?

—No.

—¿Quiere que se lo haga? Yo le estoy muy agradecida por todo.

Y como las ganas son las ganas, él la abrazó, la besó, y así empezaron y continuaron por tres días, sin salir de la casa. Por las mañanas, Jorge la bañaba y le servía el desayuno. Al cuarto día, al anochecer, se acabaría la fiesta.

Llegó la madre de Patricia, sudorosa, agotada por el viaje. Conversó con su hija durante una hora mientras Jorge preparaba la cena. Ella era tan atractiva como Patricia y se quedó mirando a Jorge de tal forma cuando les llevó café, que lo dejó turbado.

Un rato después Patricia fue a la cocina.

—Mi mamá se siente muy feliz por su ayuda. Ella quiere pedirle un favor y le da pena.

—¿Por qué esa pena? ¿Cuál es el favor?

—Es que se hizo una heridita en una mano con la ventanilla del tren. También necesita que la bañe.

LOS MILAGROS EXISTEN

Ya cuarentón cómo le gustaría casarse y criar hijos, pero era muy tímido. Al acercarse a una mujer de su agrado no le salían las palabras adecuadas, gagueaba, quedaba en ridículo, o así le parecía. Después se desahogaba con una conocida a la que sólo tenía que pagarle con carne de res que compraba en bolsa negra, arriesgándose a ir a la cárcel.

Tranquilos eran sus días de mecánico en un taller del estado, los que terminaba luego de bañarse y comer, sentado solo en un apartado banco del parque cercano hasta la hora de irse a dormir.

Una noche cambió su vida. Vio acercarse a una muchacha, mirándolo a los ojos, que llegó hasta él, lo embriagó con su perfume, se inclinó, lo besó en los labios y se retiró con igual paso rápido. Lo mismo ocurrió en las siguientes noches.

Una vez fue discretamente tras ella hasta verla entrar en una casa. Preguntándole otro día a vecinos conocidos supo que, aunque misteriosa o de pocos amigos, ella era decente y mentalmente normal. En otra ocasión la siguió más de cerca, nervioso, pensando en cómo abordarla, y al doblar una esquina casi chocó con ella de frente.

Domingo O. Castillo Álvarez

—No vuelvas nunca a seguirme porque grito y digo que te propasaste conmigo.

Continuaron los besos, cada vez más apasionados, que lo dejaban al borde de la eyaculación. Él era hipnotizado por amor al sólo verla acercarse a su banco, con una exactitud de segundos cada noche, aunque la última vez llegó más tarde. El parque estaba vacío y le dijo en voz baja: "Hoy no te asustes". Entonces ella se sentó en el suelo frente a sus piernas, le abrió la portañuela, tomó con delicadeza su miembro ya erecto y se lo introdujo en la boca mientras él miraba a todas partes, temeroso de que los vieran, hasta que, finalmente, estirándose de placer, observó cómo ella se tragaba aquello, igual que un bebé mamando el néctar del seno materno, o como si saboreara leche condensada azucarada.

Ella no volvió más. Durante semanas, él caminó frente a su casa herméticamente cerrada, con el afán de verla o que le dijera algo. Fue en vano. Entonces continuó con su rutina, sentado en el mismo banco apartado, el cual la gente esquivaba por los mosquitos o por estar delante de unos matorrales, a esperar la hora de irse.

Pasaron tres años en que la recordaba con nostalgia. Un domingo en que pensaba retirarse antes de hora por el frío, paralizado la vio acercarse, pararse frente a él y con solemnidad decirle al niño que traía de la mano:

—Ese hombre es tu padre. Bésalo.

CRUELDAD

Tranquilo estaba en su amplia habitación (conseguida por un soborno) con baño para él solo y agua las 24 horas. De pronto, aquella noticia lo desconcertó, pues le informaron que por un tiempo debía compartir su espacio con una ingeniera, recién llegada para una misión internacionalista de trabajo, porque las habitaciones para mujeres estaban saturadas.

Aunque tuvo la esperanza de que a cambio de perder la tranquilidad estaría a su disposición una amante aceptable en aquella tarea —lejos de Cuba, de su esposa e hijos— necesaria para ganar los dólares suficientes para reparar la casa y comprar equipos electrodomésticos.

Cuando la ingeniera llegó con su maleta, él pensó gozar de suerte porque era interesante y de su edad, pero al quedarse solos, ella le puntualizó sus reglas con dureza:

—Te aclaro, amigo, que estoy aquí a disgusto. No te voy a tolerar piropos o faltas de respeto. Hablaremos lo mínimo necesario. A la menor insinuación me quejo, te mandan para una litera en el piso de los hombres y me quedo sola.

Sin dudas que ella llegaba de soldado y se creía capitán, chantajeándolo con una amenaza porque tal vez se sentía aturdida de verse sola con un extraño. Eso creyó él, por lo que poco a poco la domaría hasta entrar en confianza, aunque de inicio parecía dura de pelar. Lo era.

En los primeros días, la ingeniera no aceptó su invitación de acompañarla al comedor y menos aún sentarse juntos. En el cuarto vestía piyamas de los tobillos al cuello, que mezclaban el olor de su cuerpo con el del perfume que se rociaba; aromas que él disfrutaba tomar de su perchero para olerlos cuando ella salía.

Ella nunca lo saludaba, le daba los buenos días o le pedía algún favor, sólo le hablaba para imponerle sus prioridades: "Voy a entrar al baño, me demoro", "apaga esa luz, que me molesta", "quita esa música, pon la instrumental". Él obedecía como un criado o era tratado como si fuera un intruso.

Llegó el calor. Ella guardó los piyamas, sacó los shorts, las blusas cortas y comenzaron sus provocaciones; primero sutiles y luego descaradas, repitiéndole con su lenguaje seco que debía respetarla. ¿Pero lo respetaba a él? Una noche él le preguntó con atrevimiento:

—¿Yo no te gusto ni un poquito?

—Ni un poquito. ¿Y yo a ti?

—Por supuesto que sí. Verte tan ligera de ropa me pone nervioso.

—Entonces lo que crees provocaciones debes verlas como un regalo. ¿Eres homosexual o impotente? —dijo ella y lo miró con desprecio.

—No soy nada de eso. Desde que entras, al llegarme tu olor, las erecciones son tan fuertes que me duelen.

30

—¿Por qué no te buscas una mujercita para desahogarte? ¿Quieres que te ayude? Con tantas jóvenes en este edificio… ¿O es que no sabes ligar una?

No le habló más. Al otro día, él despertó por el ruido y un penetrante olor a perfume. Levantó la cabeza de la almohada y la vio sentada en un banquito, con los pies encogidos, una posición tan encantadora que lo cautivó. Al tomar los espejuelos de la mesita de noche, descubrió que ella estaba en ropa interior, quitándose el ajustador.

—Definitivamente quieres enloquecerme, porque tienes unos senos hermosos.

—Pero no los adules, nunca los vas a chupar.

—Quién sabe si un día que estés dormida…

—Tengo un machete al lado de la cama. ¡No me mires! ¡Estoy cogiendo Sol y aplicándome crema en el cuerpo! —increpó airada.

—¿Cuál Sol aquí dentro?

—¡Si te digo que hay Sol, hay Sol!

—De acuerdo. Está rajando las piedras.

—No tanto.

—Eres una abusadora sádica.

—Hay países donde las mujeres andan así en la playa sin que pase nada.

—También hay indias que andan encueras.

—Pero ni sueñes con eso.

—Casi lo estás con sólo un blume.

—Es un short apretado. ¿Por qué no te masturbas delante de mí? Nunca he visto que un hombre lo haga.

Él le tomó la palabra y se desnudó, pero frente a su mirada perdió la erección y se sentó en la cama, vencido.

—¿Con 30 años cómo es posible que te pase eso?

Ella se rio de una forma tan burlona que le provocó una depresión como nunca había sufrido, con la cabeza baja, sin atreverse a mirarla. Para colmo, al otro día la vio acercarse a la butaca donde meditaba y sentarse a su lado, en el suelo.

Él la miró desconfiado, preguntándose qué otra crueldad se proponía. Pasaron minutos en silencio hasta que ella estiró la mano, poniéndosela en una rodilla y diciéndole con voz temblorosa:

—Hace un rato me avisaron de mi traslado para otro estado. Me recogen dentro de tres horas. Te voy a extrañar mucho. Si no fuera por eso, a partir de hoy dormiríamos juntos todas las noches.

Al decir esto último se le quebró la voz y lloraron abrazados.

LO QUE TE DEN, CÓGELO

Ella sabía que me gustaba mucho y a partir de esa noche se me aparecía por la parte de atrás de la casa cuando más tranquilo estaba; llegaba con un ropón blanco hasta más arriba de las rodillas y me decía al oído: "Debajo no tengo ropa interior, vamos para dentro".

¿Qué iba a decir yo? La cargaba, la acostaba en la cama, le quitaba el ropón, me desnudaba y… ¡Qué bella es la vida! Todo eso pasaba cuando al marido le tocaba el segundo turno de su trabajo.

En esos momentos no me acordaba del tipo, un bravucón de mal genio, pero después que ella se iba a su casa, satisfecha, tan tranquila como cuando llegaba, me entraba la preocupación. Aunque el hombre tampoco era mala persona, si le pedías cualquier favor dejaba lo que estaba haciendo y te ayudaba sin excusas. Una vez que cumplíamos juntos la guardia del comité de la cuadra, me enseñó la pistola.

—No creas que soy chivatón del gobierno ni nada por el estilo. La tengo clandestina, sé que es un delito, pero hay que estar preparado para un ladrón o un imprevisto que me ponga en peligro o rete a mi hombría.

A partir de esa noche desconfié de él. No volví a expresarle ninguna idea de crítica política y por otra parte me inquietaba

33

que sus comentarios se originaran en que sospechaba de mi relación con su esposa.

Y con la pistola en la mano me esperó otra noche un mes después, pues por su propia vigilancia, o gracias a la información de alguna vieja chismosa o de un vecino envidioso —al estar disfrutando de una mujer tan preciosa—, ya lo sabía todo y fue al grano:

—¡Iré para el presidio! ¡Perderé mi esposa, pero no la vas a gozar más!

Para más desgracia, el día anterior me había enterrado un clavo que me atravesó el pie. No podría correr, por lo que fingí aplomo, hasta buen humor, mientras la pistola, temblándole en la mano, me apuntaba al pecho.

—Yo soy inocente de eso, debes estar bromeando en lugar de irte al trabajo. Esa pistola es de juguete.

—¡No, no es de juguete! ¡Te lo voy a demostrar!

Disparó al aire, tal vez para asustarme antes de partirme el corazón. La bala cortó un cable eléctrico del poste que estaba a su lado y cayó sobre su cabeza, electrocutándolo. Esperé unos minutos antes de decidir qué acción tomar; aparté el cable con un palo y palpé su cuello. Estaba muerto, con los ojos abiertos y el arma aún en su mano.

La cuadra estaba desierta. El disparo coincidió con el paso de un camión por la esquina. Nadie vio u oyó nada. Se sentían voces de vecinos que blasfemaban por el nuevo apagón a la hora de la novela brasileña.

La noche era oscura. Cerré la puerta, me dirigí a mi habitación y encendí un quinqué. Sobre la cama, ajena a todo, ella me esperaba desnuda, como un divino manjar.

LA REVANCHA DEL REY DEL MARTILLO

El barrio fue tranquilo hasta que Tiburcio "masca hierro", chapista durante 50 años, se jubiló, vendió su fotingo, abrió su propio taller en el garaje y a las tres de la madrugada ya sonaban sus martillazos, pero ante las quejas respondía lacónico: "Los guajiros trabajadores nos levantamos temprano".

Aumentaron las protestas. Entonces contestaba de mala forma que él no se quejaba de la música alta, los pitazos de los carros o de las mujeres hablando a gritos de acera a acera. Y continuó el martirio que comenzaba con el olor a boniato frito conque Tiburcio desayunaba mientras oía la radio a todo volumen.

Claro que en una zona tan decente la gente aguanta para evitar problemas. Si aquel viejo desagradable se soportaba a sí mismo, los vecinos decidieron tolerarlo. Curiosamente desde que empezaron sus ruidos nadie del barrio llegó tarde al trabajo o a la escuela.

Un fin de semana que Tiburcio fue al campo a comprar boniatos, un ratero se coló en su casa y entre otras cosas le robó todas las herramientas, incluso su martillo preferido, que guardaba bajo la almohada.

Domingo O. Castillo Álvarez

La policía no pudo aclarar el robo. La depresión se apoderó del viejo, que no se levantó más de la cama y murió un mes después, sin dejar de acusar de la fechoría a los vecinos de la cuadra, jurándoles que se vengaría.

Con su deceso hubo alegría, hasta los abstemios dieron un trago a las botellas de ron compradas en una colecta. En las semanas siguientes reinó de nuevo la tranquilidad en las noches, hasta que apareció el perro.

El perro era grande, negro, agresivo; sólo se presentaba de madrugada, con sus ladridos interminables, por un rato frente a cada casa. Nadie se atrevía a salir a ahuyentarlo, incluso evadía, sin huir, las piedras que le lanzaban desde las ventanas.

Toribio el sordo, que presumía de espiritista, único amigo de Tiburcio y que lo atendió hasta su muerte, descubrió el misterio:

—Anoche le tiré una croqueta al perro y dejó que me acercara con otra en la mano. Y cuando le grité: "Tiburcio, ¿cómo estás?", me miró bizco, igual a él cuando le contaba algo. Ya no tengo dudas de que su alma se apoderó de ese perro.

Algunos se rieron del viejo Toribio. Otros lo tomaron en serio. Un vecino, Aniceto, tuvo una idea:

—Por si las dudas hay que matarlo, sea o no Tiburcio, antes de que nos vuelva locos a todos. En la otra calle hay un tipo que es cazador; tiene escopeta legal. Voy a hablar con él. Si quiere cobrar yo le pago, aunque estoy seguro que no me va a cobrar. Él disfruta de matar animales; antes disfrutaba dando golpes a los presos. Era guardia en la prisión.

—¿Eso no es delito? —preguntó la esposa de Aniceto.

—Matar a un perro callejero no lo es. Si matas una vaca, aunque sea tuya, sí te condenan a años de cárcel.

—Pero es un hombre perro.

—Eso no lo incluyen las leyes cubanas.

Tras el ajusticiamiento hubo otro mes de noches tranquilas, hasta que apareció un gallo con sus conciertos para desaparecer al amanecer sin dejar rastro.

Días después, Toribio, solemne, lo aclaró todo:

—Tiburcio regresó en el gallo. Si lo matan, volverá de nuevo, tal vez de una forma peor, quizás como un cocodrilo.

Entonces la vieja Catalina, que tenía sus mañas, además de mucha hambre, lo atrapó e hizo un fricasé. Con su ansiedad por comer se atragantó; estuvo a punto de ahogarse, pero barriga llena, corazón contento.

Volvió la calma por tres meses. Ya nadie se acordaba de Tiburcio, hasta que empezó la locura de Catalina que, de madrugada, con nombres y apellidos le mentaba la madre al dueño de cada casa, dándole golpes a las puertas.

Toribio fue lapidario: "Tiburcio se apoderó de la mente de la vieja. Ahora el único remedio es mudarse de este barrio".

APARECE UN FANTASMA

Además de celoso, disfrutaba humillándola. Entraba a la casa en diferentes horas con la misma frase: "Sé que tienes un querido. Que se prepare cuando lo agarre". Y de nada valía que ella le jurara que no miraría a otro hombre, que él le bastaba, que no lo traicionaría ni con el pensamiento.

Obsesivo persistía en su desconfianza enfermiza, aunque intuía que ella le era fiel, pero no se detenía en aquella prepotencia que no podía evitar. Al llegar de improviso registraba clósets, escaparates y, finalmente, debajo de las camas, una por una, hasta secarse el sudor e irse sin decir una palabra mientras su mujer, irónica, siempre le preguntaba: "¿No encontraste al fantasma?".

Él decidió realizar la última comprobación antes de vencer su orgullo, o quizás consultar su obsesión con un siquiatra. Para ello ideó un plan en el que indirectamente logró que ella conociera que esa noche estaría contratado en su taxi para un viaje a La Habana, del que regresaría al otro día. Sobre las 10 p.m. parqueó el auto en otra cuadra, se acercó a su casa, abrió la puerta y encontró a su esposa con dos tazas de café humeante en las manos; en ropa interior, frente a la puerta de la primera habitación.

38

No había dudas. Él entró frenético, gritándole: "¡Hoy sí agarraré a tu fantasma!". Encendió la luz del cuarto, registró primero el clóset y luego se arrodilló frente a la cama. Bajo ella, desnuda, descubrió a una muchacha desconocida.

—¿Por qué se esconde debajo de mi cama?

—No se altere. Mire, le voy a explicar, soy amiguísima de su mujer.

—No me cuente nada. Salga de ahí y acuéstese en la cama.

Él la contempló por unos segundos. Era hermosa, temblaba y lo miraba con miedo.

—Bien, me voy a quitar la ropa para comprobar que no eres un fantasma.

Entonces se dirigió a su esposa, que seguía con las tazas en las manos, sin poder hablar:

—Apaga la luz y espera en la sala.

Domingo O. Castillo Álvarez

LA VIEJA, LA RANA Y YO

Operado de apendicitis e ingresado en la salita del hospital dedicada a los presos enfermos, era mirado con incredulidad por el paciente de la cama más cercana, otro recluso operado de la vesícula, que le preguntaba:

—¿Pero la vieja te llamó?

—Sí, tan apurado que iba porque con otra llegada tarde perdía el estímulo mensual que daban en mi empresa, y necesitaba jabones. Para colmo, la tipa no aclaraba qué quería hasta decidirse y decírmelo bajito, como con pena: "Es para pedirte un favor, hijito, porque yo salvo la diabetes, la gastritis, la presión alta y lo del corazón. Tengo buena salud y el caso es que le tengo mucho miedo a las ranas". "¿Qué tengo yo que ver con eso?", le pregunté. "Porque, hijito, de ver a una rana me sube la presión. Estoy sola, necesito que me hagas el favorcito de atrapar a esa intrusa en mi cocina para botarla lejos. Matarla no; es un animalito de Dios igual a nosotros". Por buena gente que soy, comenzó mi tragedia. Entré tras ella y allí estaba el monstruo, en la puerta del refrigerador, prepotente, repugnante, amarillo y con manchas prietas. Aparte, yo también les tengo miedo a las ranas y esa era la más grande que había visto en mi vida. Tampoco podía chotearme ante una vieja indefensa, así que cogí un papel que estrujé para capturar a la rana. Y cuando, en un temblor, la iba a agarrar, dio un salto hasta la cara de la veterana, que se desmayó y en la caída se rompió la cabeza con la punta de la meseta. Me encabroné y tomé el garrote de machacar carne para matar a la bestia antes de auxiliar a la anciana. Fue en ese cabrón momento que entró aquella muchachita gritona y formó el escándalo: "¡Auxilio, auxilio, un ladrón mató a Nenita!". Vinieron unos obreros del taller de la esquina, tres negros macizos, y tremenda mano de leña que me dieron; no me dejaron hablar y la vieja murió sin poder decir nada. Llevo ocho años preso. Pienso seguir ahí, aunque quieren beneficiarme por buena conducta.

—Bien, mi socio, te creo todo, aunque es una historia un poco extraña. Mi curiosidad está en tu solicitud de quedarte trancado y no terminar la condena en una granja al aire libre con pases mensuales. Debe ser porque le tienes miedo a los parientes de la vieja que mataste.

—¡Coño, yo no maté a la vieja! ¡Y estaba sola, no tenía parientes!

—¿Entonces cuál es tu locura?

—¡Qué me quieren mandar a trabajar a un criadero de ranas toro!

¿POR QUÉ ME MIRA TANTO?

Hoy salí, como todo fin de semana, a tratar de ligar a alguna ricura, aunque siempre me conformo con lo que logre. Y aclaro que para mí hay dos tipos de mujer: las hechas con un pincel y las hechas con brocha gorda, a las que acudo cuando no tengo otra opción.

Ahora en la guagua frente a mí se sentó una belleza que me fascinó; quizás 30 años, ropa extravagante… ¡Y qué importa la ropa!

Iba pensativa y miraba por la ventanilla, tal vez esperara un aguacero —la gente siempre cree que pasará algo malo—, absorta en sus musarañas al mover ligeramente los labios, como si hablara sola. Qué bien que estuviera tan entretenida para así, preciosa como era, comérmela con los ojos, estudiar su forma y cuando se bajara, seguirla, abordarla, entablar una conversación y que no me rechazara. De sólo creérmelo el corazón se me aceleró. Y de pronto se viró y me preguntó, imperiosa, en voz alta:

—¿Se le perdió una novia parecida a mí?

Al oírla, los pasajeros cercanos la miraron atentos, luego me observaron con curiosidad o burla. Hubiera querido desaparecer o ir al otro extremo del vehículo, aunque pareciera más ridículo. Por suerte no dijo más nada, sólo comentó algo en voz baja con la muchacha a su lado. ¿Andaban juntas? La otra muchacha era delgada, de belleza discreta, pelo muy corto y tenía un lunar en la frente. Ella me hizo una proposición en voz aún más alta, que de nuevo llamó la atención de las demás personas.

—A mí puedes contemplarme todo lo que quieras.

Era a mí a quien todos miraban curiosos. No sé si estaba pálido o colorado, pero el sudor me bajaba por el cuello. Por fin el ómnibus llegó a su parada final. La ricura besó a la delgadita, que se quedó parada en la esquina, y me jugué el todo por el todo, pues seguí a mi preferida porque me era imposible evitarlo. ¿Qué podría pasar que no me hubiera sucedido antes en mis osadías de conquista? ¿Que me insultara o llamara a un policía? Una mujer tan atractiva valía cualquier riesgo. El incidente en la guagua provocaba ese reto. La alcancé y caminé a su lado.

—Discúlpeme que la haya mirado tanto.

—Yo sé a quién me le parezco.

—¿A quién?

—A mí misma, por gustarle mucho.

—Sí, de acuerdo. ¿Usted es sicóloga?

—No, pero sí aficionada al estudio del amor, por ello te invito a mi casa en la otra cuadra para mostrarte mi obra.

Al decirlo, tuteándome, ella mostraba un brillo extraño en los ojos, atemorizándome, lo confieso, pero hay días de mucha suerte. Y aquel ligue, de darse, sería el más deslumbrante de

43

mi vida, con su caminar erótico o la sonrisa que me dedicaba cada 10 pasos, como si me reservara una travesura sin hablar. Llegamos y me invitó a pasar.

—Ponte cómodo, como si estuvieras en tu casa. Vivo sola. Voy a preparar unos traguitos.

Mientras ella iba por los tragos estudié el lugar: una sala llena de cuadros rarísimos. Más atrás había una saleta con grandes libreros, pequeñas estatuas que de lejos no distinguí bien y un gráfico de barras en la pared. «Sin dudas una mujer culta», pensé, mirándola regresar con dos copas.

—Ahora ven a la saleta para que te sorprendas.

Con el trago en la mano, sin probar la bebida porque desconfié del licor —podría tener alguna pastilla para drogarme—, la seguí.

—Observa esas esculturas. Las esculpí yo. Son las diferentes posiciones del sexo entre un hombre y una mujer, entre dos hombres o entre dos mujeres.

—Son impresionantes, te felicito. ¿Y el gráfico con tantas barras qué significa?

—Se trata de la comparación del largo de los penes tiesos de los hombres con los que me he acostado.

Quedé atónito. Tragué en seco y pude mostrar serenidad al preguntarle:

—¿Cómo logras eso?

—Muy sencillo, los mido con una cinta métrica. Contigo obraré igual dentro de un rato, aunque te aclaro que cuando te vayas no podrás volver. Ni sueñes con tocarme de nuevo.

—Sí, de acuerdo —a pesar de mi estupor sentía curiosidad—. Dime por qué las barras tienen diferentes colores.

—El color de la piel de cada individuo estudiado.

—¿Y en esa barra negra tan alta no te habrás equivocado al medir?

—No, e incluso mi amiga, la que venía conmigo, verificó la medida. Los tres la pasamos muy bien. Era muy complaciente.

—¿Murió?

—No, regresó a África. Era un estudiante.

—¿Y la barra más chiquita, amarilla?

—De un chinito, un loco en la cama. Me faltaba ese color en el gráfico. Lo encontré aburrido en la puerta de un hotel; casi no hablaba español, pero entendió la invitación. Me dijo que no tenía dólares y cuando le expliqué que no le hacían falta, su sonrisa fue de oreja a oreja. Ellos siempre están enseñando los dientes.

—¿Por qué hay un numerito sobre cada barra?

—Las veces que lo hice con cada uno en la noche.

—¡Pero el chino tiene un ocho!

—¿Por qué crees que hay tantos chinos en el mundo? Me dejó tan agotada que necesité descansar una semana. No te has tomado el trago.

—No hay apuro. ¿Entonces me vas a situar también en el gráfico?

—Por supuesto. Ahora mira los numeritos chiquitos debajo de las barras: es el diámetro, lo primero que mido luego de metérmelas en la boca para llevarlas a su máximo tamaño.

Al decir esto, su mirada expresaba algo indefinible: salvajismo, sarcasmo, demencia. Me sentí mal. Dejé la copa en el borde del librero.

—Pues no podrás colocarme ahí; padezco de miedo escénico.

Salí a la calle sin despedirme, oyendo tras de mí sus gritos y risa:

—¡Oye, regresa, no seas infantil! Esto es un estudio científico, a ti no te voy a medir nada.

Retorné por donde vine. En la misma esquina donde la dejamos estaba su amiga; la flaca del lunar en la frente.

—Conmigo estarás mejor —me dijo, agarrándome fuertemente de un brazo, obligándome a acompañarla sin saber adónde me llevaba.

Tres cuadras después:

—¿No te agradó mi amiga? Te vi ir tras ella.

—No.

—Mi colección de fotos sí te va a agradar.

—¿Fotos de qué?

—De mujeres.

—¿Desnudas?

—No.

—¿Y qué tienen de interesantes?

—Son fotos de las amantes que he tenido.

—¿De sus rostros?

—No. De lo que poseen las mujeres entre los muslos, que a ustedes los hombres les gusta tanto.

¡A mí me gustan, sí, pero en vivo, no en fotografías! ¡Acaba de soltarme el brazo!

También te voy a ofertar otra cosa: un video donde se me ve haciendo el amor con mi novio, Pluto.

¡Vaya nombre de perro que le pusieron a tu novio!

Es que precisamente es un perro.

¿CUÁL ES TU PROBLEMA?

Su turno era a las nueve en punto. Ni un minuto más ni un minuto menos. Miró al reloj y tocó en la puerta. Una anciana con cara de angustia lo guio por un pasillo y lo hizo entrar a una habitación iluminada con un bombillo, dejándolo solo frente a la mujer.

Ella era hermosa, de unos 40 años, rostro severo, ropa roja, un pañuelo, también rojo, en la cabeza y estaba sentada tras una mesa cubierta con un mantel de igual color, en la que se veía desplegado un juego de barajas. No respondió a su saludo.

—Siéntate, cuéntame tu problema.

—Bueno, la gente dice que soy mujeriego porque enamoro a muchas mujeres. Trato de ser galante, pero no se me da ninguna.

—Investiguemos las causas. ¿Cuál es el origen de esos golpes que se te ven en la cara?

—Cuando quedé disponible en mi trabajo me puse a cuidar a un anciano, ya sin mente, que se cagaba en los pantalones, padre de unos traficantes. Me pagarían 400 pesos al mes y lo que no me dijeron fue que el viejo había sido boxeador. El

48

primer día, cuando traté de obligarlo a bañarse, me dio una retreta de trompones.

—¿Dejaste esa contrata? Espero que tengas dinero para pagarme.

—Sí, sin dudas.

—Mírame a los ojos. No parpadees.

En esa posición lo tuvo por un minuto. Luego lo mandó a tomar varias cartas al azar para dárselas una a una sin mirarlas.

—Ahora, mientras estudio las cartas, dame la espalda. Ponte a mirar al cuadro de la pared.

Así estuvo 10 minutos, frente a los dos enormes ojos del cuadro, hasta que la mujer de rojo le ordenó sentarse de nuevo frente a ella.

—Aquí veo una larga abstinencia en la oscuridad. ¿Estabas preso en un calabozo de seguridad del Estado?

—No, no, yo no me meto en política.

—A continuación, una cerca, detrás muchas mujeres que te observan con interés.

—¿Puedo saltar esa cerca?

—La cerca es un símbolo. Brincarla depende de tu decisión, perseverancia y voluntad para afrontar riesgos.

—¿Con mujeres casadas también?

—En las cartas no se ven anillos en los dedos. Ahora corre la silla. Ponte a mi lado.

Tras olerle la boca, el pelo, las axilas y abrirle la portañuela, la mujer le provocó una erección.

—No hay olores negativos ni nada fuera de lo normal. Ahora desnúdate; acuéstate en ese sofá.

—¿Para qué?

—Las preguntas las hago yo. Obedece. Debo estudiarte.

Viéndolo desnudarse, ella también se desvistió lentamente, sin dejar de observarlo con su mirada dura. Luego se frotó una loción en todo el cuerpo, le estampó un beso en su miembro erecto antes de colocarle un condón y sin apuro se entrampó sobre él, besándolo, suspirando, apretada a su cuerpo.

Media hora después, tras recibir la orden, él se levantó del sofá, vistiéndose confuso, mirándola intrigado, mientras ella, aún desnuda, se colocaba el pañuelo rojo en la cabeza; tras unos minutos le ofreció su dictamen:

—No eres una maravilla, pero te defiendes. El problema quizás está en la falta de autoestima o en la ropa y peinado de guajiro que usas. No me pagues. Me interesa profesionalmente tu caso. Sigue viniendo cada dos noches, a las 11, para seguir estudiándote y llegar a un diagnóstico.

QUERIDO PRIMO

Cómo le gustaba a Éter la mujer de su primo, aquel día más que nunca. Ella lucía un vestido azul bien entallado que resaltaba su cuerpo, el largo pelo suelto hasta la cintura y sus ojos negros.

Él se la comía con la vista, discretamente, apocado, porque ella apenas lo miraba. Si lo saludaba, era como saludar a un extraño. Por ello empezó a temblar cuando ella se le acercó, quitándole un libro de las manos.

—Te voy a ser franca. Me gustas mucho. Vas a ser mío.

Quedó mudo de la sorpresa, pero al fin reaccionó.

—¿Y mi primo, con lo violento que es? Me mata si se entera, ¿pero tú hablas en serio? Yo no he tenido ni novia, no te voy a gustar.

—Éter, si eres primerizo mejor todavía. Te espero mañana a las 10 de la noche. Sólo tienes que brincar la cerca. A tu primo lo moviliza la unidad militar hasta el domingo.

De esa forma empezó su vida sexual, que continuó en cada ausencia de su primo. Tenían sesiones en las que ella se esmeró en enseñarle el amor tranquilo, obligándolo a jurar que no tocaría otra mujer mientras mantuvieran esa relación, incluso celándolo, prohibiéndole que se protegiera, lo cual a él le preocupaba, aunque confiaba que ella tuviera puesto algo en el chocho. Sin embargo, tampoco iba a preguntárselo y quizás enfadarla. Bastante felicidad era poseerla. Y una noche lo esperó de una forma más seria que de costumbre.

—Esto se acabó. Quedé embarazada, estoy segura que es de ti. Lo sé por el calendario que sigo.

—¿Qué va a pasar ahora? Mi primo me hace picadillo cuando lo sepa.

—No se va a enterar si tú no se lo dices. Te pareces a él. Todo quedará en familia.

Siguió Éter en sus estudios, en su celibato; mirándola a hurtadillas; enamorado como un perro; masturbándose mientras pensaba en ella. Meses después nació un varoncito de 10 libras que creció saludable, para dicha de la familia.

Al cabo de un año, otra sorpresa, aunque esta vez fue su primo quién le quitó el libro de las manos a Éter, poniéndolo a temblar con su mirada severa, sin decir una palabra, parado frente a él con sus manos de estibador en la cintura, para al fin hablarle titubeante.

—Primo, te necesitamos de nuevo. Eres de la familia y muy discreto. Mi mujer nunca te lo explicó: el caso es que yo no doy hijos. A ella le da pena molestarte de nuevo, pero aspiramos a buscar la hembrita.

QUIZÁS

Son las 12 meridiano y Cándido, al salir del hospital con hambre, ve a la muchacha con el puesto de fiambres castigado por el Sol, aunque algo protegido por una enorme sombrilla. Hacia allá va él y pregunta:

—¿Los discos de jamón son con pan?

—¿Cuándo se ha visto un disco de jamón sin pan? ¿Quiere que me pongan una multa por revender los ingredientes que el Estado me asigna o, peor aún, que me quiten la licencia?

—No, ¿cómo voy a desear tales desgracias? ¿Y eso amarillo que le pone al pan es margarina?

—Claro. ¿Le hace daño?

—No, a mí nada me hace daño.

—Algo tiene si salió del hospital.

—No. Sólo vine a sacarle un turno a una tía. ¿Usted se pone brava y discute con los clientes?

—Sólo con mi marido, que me acusa de pelear mucho. ¿Y cómo no voy a regañarlo si no es capaz de fregar un vaso ni tender la cama? Anoche me dejó.

Domingo O. Castillo Álvarez

—Acaso es posible abandonar a una mujer tan bonita... Bueno, lo siento mucho.

—Pues no sienta nada porque me alegro que se fuera.

—Con usted no se queda bien.

—Usted no tiene que quedar bien conmigo. Coja su disco, págueme y que le aproveche.

—Gracias. ¿El refresco es muy dulce?

—¿Usted es diabético?

—No, gozo de buena salud.

—Entonces tómeselo sin preguntar tanto.

—¿También hace tortillas?

—Sí, pero no soy tortillera. Me gustan los machos. Usted, por su voz, tal vez es algo flojito, seguramente ni tiene mujer.

—No, ahora estoy soltero. No soy flojito, quizás podría demostrárselo porque usted es muy atractiva, pero siempre está de mal humor.

—No me demuestre nada. No tengo mal humor ni se ilusione conmigo.

—Bien, ya maté el hambre. Puedo manejar sin miedo a un mareo y no me ilusiono tan fácil.

—¿Usted tiene carro?

—Sí, el azul parqueado en la esquina.

—Es un auto nuevo. ¿Usted es rico de la nueva clase?

—Yo no tengo nada que ver con el gobierno. Poseo una finca, le pago a cinco obreros y para el campo dispongo de otro carro más viejo.

—Entonces vive en el campo.

—No, tengo un chalé en la carretera, muy tranquilo, con una arboleda. Allí usted no tendría motivos para pelear. Le pago a una señora para que haga todo en la casa. ¿Por qué no me regala una visita? Es lejos, puedo recogerla. También la llevaría a la finca y deberá llevar ropa de baño porque desde el río inventé una piscina, muy fresca, para bañarse.

—Bueno, sí me encantan el campo y los árboles. También tengo una trusa nueva que no he estrenado. Quizás pueda ser cuando usted me invite.

LOS EFECTOS DE UN BESO

Deslumbrado ante la joven que se sentó a su lado, no pudo evitar elogiarla en voz baja.

—Señorita, permítame decirle que usted es muy bella.

—Gracias. A pesar de eso, mi novio me abandonó por otra.

—Hay patrones de belleza, quizás usted no era el de él.

—¿Y cuál es el suyo?

—Alguien como usted, eso proviene de los cuentos de hadas que me hacía mi abuelita. Yo cerraba los ojos y el hada era como la muchacha que veo a mi lado en este instante divino.

—¿Me está enamorando?

—No, no me creo con derecho a eso.

—¿Por qué no tiene derecho?

—¿Usted cree que lo tenga?

—Tal vez sí.

—Pues me hace un buen regalo en mi cumpleaños, que es hoy.

—Si es su cumpleaños, felicidades —dijo y lo besó muy cerca de la boca—. Fue un placer conocerlo. Debo bajarme en la próxima parada. Otro día hablaremos con más calma, espero que nos encontremos de nuevo.

Pero en lugar de bajarse tras ella para continuar su gestión de conquista, titubeó y se paralizó, mirándola irse. Quedó hablando solo. Una señora subió a la guagua dos paradas más adelante y se sentó a su lado, quien minutos después creyó su deber preguntarle:

—¿Señor, usted se siente mal?

—No, para nada. Sólo estoy hirviendo. Hablo conmigo mismo para oírme bien. ¡Porque acabo de volar al cielo y lo perdí por comemierda!

Algunos pasajeros lo miraron intrigados al oír sus explicaciones en voz alta. La mujer se persignó, se paró y caminó hasta el chofer.

—Compañero, hay un loco en la guagua; puede provocar un incidente.

—¿Qué quiere que haga? ¿Que lo amarre? Yo estuve tres meses en el hospital siquiátrico cuando se me derrumbó la casa; míreme ahora, manejando en este tráfico lleno de carretones, ciclistas y gente caminando por la calle. Este país tiene un gobierno que ha vuelto loco a todo el mundo, a usted también.

—Entonces pare, por favor. Déjeme bajar aquí mismo.

SIRÍACO, EL MUENGO

En una época en que nada es original, tampoco lo son las personas. Si alguien nace incompleto, la cirugía moderna tiende a corregir a la naturaleza. El día en que Siríaco llegó al mundo, una enfermera le informó algo desagradable a su padre, dirigente burocrático del Partido, ya divorciado y que a todo daba la misma respuesta vacía. También la dio en este caso.

—Señor, su hijo nació sin orejas.

—Perfecto.

Entonces la mujer se retiró en silencio y asumió que no la entendió o estaba nervioso.

Pasaron los años y Siríaco, que cursaba la secundaria, con un peinado muy criticado por los profesores, pues ocultaba la ausencia de esos órganos, sufría de una preocupación incentivada por las clases de educación sexual.

—Papá, yo necesito una fémina.

—¿Qué es eso?

—Una mujer.

—Háblame en cubano. Se dice novia, esposa, querida, muchacha, amante, compañera, etc. Te compré un diccionario hace tiempo. ¿Cuál es el problema?

—Ellas, cuando me besan y van a acariciarme la cabeza o chuparme las orejas, no las encuentran, se asustan, luego no quieren más nada conmigo. Tampoco puedo usar gafas para el Sol. Otra cosa, oigo mal; los sonidos me llegan al revés, por eso no logro aprender a bailar ni atiendo bien en las clases.

—Te comprendo, tu madre no se ocupó de eso. Yo tengo buenas relaciones en los servicios médicos. Todo se puede.

Por desgracia, la cirugía reconstructiva fue un fracaso y a su padre de nuevo se le encendió el bombillo.

—No te angusties. Voy a elevar tu problema al plan temático del fórum de ciencia y técnica de la provincia para que los innovadores diseñen las prótesis adecuadas para un implante, porque en Cuba no hay antecedentes de haberse hecho.

Aquí comentemos que a veces un hecho fortuito encadena una serie de otros hechos (causas y efectos). Las orejas artificiales de Siríaco facilitaron que tres innovadores recibieran, sucesivamente, automóviles rusos como premios relevantes, lo cual contrarió la opinión de algunos, pero para algo son los amigos, sobre todo si forman parte de un jurado o éste recibe sugerencias de alguien con mando.

Las primeras orejas, de un plástico muy especial, le quedaron muy bonitas, aunque por alguna razón que no pudo explicarse, al mes empezaron a bajar de su lugar; parecían haberse inflado y adquirido peso. Siríaco llegó a ser conocido en el barrio como el elefante.

Domingo O. Castillo Álvarez

Las segundas, de un plástico más ligero, se movían con la brisa o los ventiladores. Todos quedaban fascinados mirándolas. Eso provocó que, en tales guanajerías, varios observadores sufrieran accidentes al descuidar la atención a su trabajo o la conducción de un vehículo.

Otro creador, para evitar su ligereza, le diseñó argollas de bronce que provocaron chistes: que si Siríaco era afeminado, un excéntrico, un pirata o incluso un disidente político, luego de que la policía lo mirara desconfiada y empezara a pedirle el carné de identidad cada vez que iba al parque.

Eran los años 70 en una Cuba muy conservadora y suspicaz (sigue siéndolo). Finalmente, sus argollas generaron una moda que de paso enriqueció a algunos artesanos, provocando estiramientos de orejas o daños en los oídos e incrementando las colas en las consultas del hospital.

En el caso de Siríaco, el Sol fue ennegreciendo sus orejas hasta adquirir un tono violeta. Por ello, en el barrio se ganó nuevos apodos: el extraterrestre, E.T. o el vampiro. Cada día era más famoso. Los muchachones tienen mucha imaginación. Curiosamente, esta nueva tonalidad le facilitó la comunicación con las hembras, creándole fama de mujeriego.

Hasta que surgió la tercera innovación: dos láminas conformadas, pegadas, por otro plástico ligero y resistente al Sol. El problema quedaría resuelto. Pasaron meses de tranquilidad y surgieron otros sinsabores.

El primero fue en el comité militar. Siríaco ya había cumplido los 18 años y aunque la comisión médica lo declaró apto, el jefe de la unidad militar, hombre muy riguroso, no transigía:

—¿Cuándo se ha visto a soldados con orejas artificiales? Alteraría la regularidad del uniforme, se haría más visible para francotiradores enemigos y si en medio de un combate se le cae una oreja no oiría bien las voces de mando de sus superiores.

Finalmente, Siríaco fue enviado a pasar un año de trabajo social como fumigador en la batalla contra los mosquitos. Entonces la aspersión de los insecticidas fue tostándole el plástico, y si se percató de la inconveniencia del cambio, no le dio importancia. Sin embargo, en el forcejeo para subir a un ómnibus local se le partió el borde de una de las orejas, cortándole el cuello a otro viajero, desangrado antes de ser llevado al hospital.

Aunque el atribulado Siríaco quedó absuelto en el juicio, tuvo que acudir a un siquiatra por el trauma síquico, agravado por el acoso de otro innovador para juntos proponer ese modelo de oreja como arma de artes marciales en la lucha contra el imperialismo.

Muy deprimido, con una sola oreja, a sugerencia de una tía muy religiosa, fue a verse con un sacerdote que inicialmente tragó en seco dos veces, pensando que le tomaban el pelo o que estaba ante un demente, pero conocía a la tía y, comprensivo como era, lo liberó de su culpa sugiriéndole que meditara arrodillado durante una hora frente a la cruz.

Él decidió estar así dos horas para estar seguro de curarse de su depresión, aunque por estar tanto tiempo en esa posición se lastimó las rodillas. Entre el cura y la tía tuvieron que levantarlo, y Siríaco, conmovido, al abrazar al sacerdote le cortó la yugular con la oreja que le quedaba, acabada de partirse. El noble hombre murió en los brazos de la tía.

Domingo O. Castillo Álvarez

EL PODER DEL CARIÑO

Tras dos meses en blanco, Pan Viejo ligó aquella flaquita, o más bien ella lo ligó a él, pero el orden de los factores no altera el producto, y embullado como estaba, utilizó el poco dinero que le quedaba en alquilar un taxi para llevarla a su cuartico de la cuartería. Y casi llegando los paró un policía para obligarlos a llevar a un accidentado al hospital: un borracho caído de la bicicleta e inconsciente.

Ni siquiera se ahorró el costo del viaje porque el taxista, que le había cobrado por adelantado, ni se bajó del carro y de paso conquistó a la flaquita, dejándolo sólo con el herido.

Sin testigos, Pan Viejo quedó retenido toda la noche por el policía de guardia en el hospital al no aceptarle su testimonio de la causa del accidente. Sólo al amanecer, cuando el borracho volvió en sí y explicó lo sucedido, dejaron ir a Pan Viejo, aunque no todo fue desgracia porque en una esquina tropezó con Gloria, una vieja amiga de la adolescencia.

—¿Ya no te hace falta esta negrita? —dijo Gloria y lo abrazó cálidamente; ya no era la muchacha esquelética de sus primeros amores, sino una negra hermosa, bien formada y algo pasada de peso.

—Claro que sí me haces falta. ¿Cómo estás?

—Pensé que ni te acordabas de mí, de cuando te quitaba el atraso porque nunca ligabas a una blanquita o de los pasteles que te calentaba porque siempre estaban viejos. Un día le cogiste miedo a mi negro porque te miró atravesado; es lo único que sabe hacer porque no le da una galleta a nadie. Si hay líos yo doy la cara, él se esconde.

—No fue miedo, fue respeto. Además, ya tenía una novia oficial.

—Tenemos que celebrar el encuentro, vamos a mi casa.

—¿Y el negro?

—Él no se mete en mis cosas, lo de él es la curda.

Tras ella se fue Pan Viejo porque, después de una noche tan aciaga, ¿qué mejor podía ser que acostarse con Gloria? Tan buena en la cama como fuera de ella.

Cuando llegaron, el negro desapareció y ella preparó un desayuno suculento.

—Hacía años que no desayunaba tan bien y tan sabroso —le dijo a Gloria.

—Es que con esa cara de hambre vieja que traías… ¿qué podrás hacerme si conmigo nadie puede?

—¿Sabes que dijo Hemingway sobre eso?

—¿Qué dijo ese viejo mujeriego?

—Que un hombre puede ser destruido, pero no derrotado.

—Ese grandón le sabía a la vida.

Gloria empezó a desvestirse. Primero se quitó la campanita que le colgaba del cuello.

—¿Una brujería?

—No. Es para engañar al negro. Cuando se calienta quiere fiesta a cualquier hora, si la sueno, él entiende que no estoy para eso.

Todavía en la mesa, ya viéndola medio desnuda, admiró el cuerpo que había desarrollado. Sin saber por qué, se asustó.

—Creo que es mejor que me vaya, puede venir alguien a esta hora, algún familiar tuyo.

—Todo está cerrado. El que venga, creerá que no hay nadie. No te apendejes ahora. Quítate la ropa.

Pan Viejo mucho la deseaba, pero pensó que moriría en brazos de aquella bestia de mujer, que ya lo besaba con sus grandes labios, hablándole bajito al oído, arrastrándolo a la cama.

—Concéntrate, que tú me conoces; qué rico si me haces un mulatico.

—Estoy algo nervioso.

—Pues no lo parece. Hasta ahora vamos bien, igual que antes, cuando me diste el corte porque ligaste a una rubia. Voy a derretirte como a un helado.

Efectivamente, esa mañana casi acaba con él, y le agradeció más tarde con un almuerzo de carne asada y cerveza; luego durmieron juntos al mediodía. Cuando lo dejó irse, el negro pudo volver y encontró a Gloria acostada en el sofá.

—¿Qué pasó?

—Casi me come viva un caimán con atraso de años.

—¿Cuánto le tumbaste?

—¡Qué voy a tumbarle! Me dijo que no tenía un quilo. Tuve que prestarle unos pesos para que sacara la cuota del mes. Chico, es que fue mi mejor amiguito desde niños. Lo quiero mucho.

CLASE DE BAILE

—¿Tú querías aprender a bailar o repellarme? Tonta que soy, arriesgándome a venir y que se lo digan a mi madre. Me engañaste.

—Es que tu olor me embriaga porque hueles a juventud, a ternura; no me humilles por eso.

—Entonces me vas a enamorar con esas boberías.

—El amor puede parecer ridículo, sobre todo cuando se vuelve peligroso porque tu madre me amenazó.

—Está bien que yo le tenga miedo, ¿pero tú?

—Estoy en libertad condicional; no puedo buscarme problemas.

Ella protestaba, pero seguía pegada a él, siguiendo el ritmo del bolero.

—Me vas a preñar vestida.

—¡No, mejor desvestida! ¡Que sea lo que sea!

—¡Suéltame, me rompiste la bata!

Así empezó su idilio con Anita en días tranquilos, en la tarde, tras una conversación inicial en la cola de la placita, donde él le confesó no saber bailar y ella se ofreció a enseñarle.

Ahora, sentado, ansioso, él espera el toque mágico en la puerta tras convencerla de que subiera de nuevo a su apartamento. Él sería diferente al otro día, cuando se portó como un animal, le rompió la bata de casa y la asustó; ella estaba tensa, ya que podía regresar su maldita madre, no encontrarla en la casa y luego verla llegar con la bata rota.

"¿Dónde tú estabas?", le preguntaría su madre. ¿Y qué iba a responder si la vieja le había ordenado que no se acercara a él? ¿Que le llevaba 20 años, era divorciado tres veces y tenía antecedentes penales?

Trabajo le costó lograr que Anita le diera otra oportunidad ese domingo que, como siempre, su madre iría a casa de una parienta. Esta vez todo sería más romántico, sin apuro; la prepararía con sus caricias, sin arrebatarse, le quitaría la ropa poco a poco, como el que no quiere la cosas, abrazándola, besándola suavemente y… ¿Subiría por fin?

Desde el balcón vio a la madre coger la calle; ya habían pasado 15 minutos de la hora acordada. Él sintió pasos en la escalera, luego un golpe en la puerta. Corrió a abrirla. La que estaba allí no era Anita, sino la vieja con un machete en la mano y cara de crimen. Fue concreta:

—¡Yo soy quien te va a enseñar a bailar!

EL VIEJO SE VOLVIÓ LOCO

Jubilado tras 50 años como profesor de física y matemática, viudo reciente, solitario en su casona, pintó las paredes de blanco y con pintura negra las fue llenando de ecuaciones o fórmulas, pero fue sólo hasta que vendió un terreno y algunas piezas de oro que pertenecieron a su suegra.

Entonces se olvidó de las ciencias, dedicándose de lleno a una nueva obsesión en su vivienda, cerrada a visitantes e incluso a sus hijos, que se decían unos a otros con preocupación: "El viejo se ha vuelto loco. Es la edad".

Él no les hacía caso; estaba entregado a su nueva ocupación, para la que compraba velas de colores o, lo que era más extraño: dentaduras postizas desechadas. Además, desde el interior de la casa se le oía en las madrugadas cantando, con su voz de barítono, una canción compuesta por él: "Pronto será un gran día / pero nadie lo sabe / lleno de luz y de armonía / ella de nuevo conmigo / bendita sea la alegría".

Según pasaba el tiempo se acentuaba el misterio, pero él respondía con una risotada cuando le preguntaban qué hacía con las velas o las dentaduras. Aunque tuviera sus rarezas, él se portaba normalmente: saludaba a los vecinos con amabilidad, estaba impecablemente vestido, y, como siempre acostumbró, visitaba a sus hijos o parientes.

Una noche, dos de sus nietos decidieron descifrar el misterio. Con ropa oscura treparon por el muro trasero de la cocina; se asomaron a una ventanita alta de persianas que daba a la habitación del abuelo, y allí estaba él, maquillado como un payaso feliz y cantando su canción, rodeado por extrañas figuras de cera desgaznatadas de risa, mostrando sus dentaduras frente a un gran cuadro de la abuela, con su habitual sonrisa en vida.

Sobre el abuelo colgaba, desde el techo, una soga terminada en un lazo corredizo. Mudos de terror, los nietos vieron cómo se la colocaba en el cuello y dirigía la vista hacia la ventanita de persianas —se había percatado de que lo observaban—, saludándolos con la mano. El abuelo viró con un pie el banco donde estaba encaramado y fue feliz a encontrarse con su amada.

Domingo O. Castillo Álvarez

ENIGMAS DEL CEMENTERIO

Lo que había sido un sueño comenzó a realizarlo cuando, con dinero recibido de sus parientes en Estados Unidos, Heliodoro compró y restauró un panteón para que sus familiares fallecidos estuvieran juntos, como en los buenos tiempos.

Todo iba bien hasta que tocó sacar los huesos de su abuelo Anastasio del cementerio de aquel discreto pueblecito, designado para enterrar a los alzados en esa zona luego de ser capturados y fusilados en los años 60. Su abuelo fue uno de ellos.

Heliodoro dio propinas, cuatro veces, a los enterradores, que siguieron cavando hasta una profundidad que ya superaba el alto de la escalera, por lo que se negaron a seguir.

—Es inútil, señor. De milagro no hemos encontrado agua o hasta petróleo.

Pero Heliodoro no estaba convencido.

—¿Entonces qué pasó con los restos de mi abuelo? ¿Se los tragó la tierra?

—Esto ha pasado otras veces. Dicen que son corrientes que mueven todo por debajo del suelo, aunque no se vea el agua —le explicó el enterrador más viejo.

—Podría ser el cambio climático —añadió el sepulturero que más trabajaba y parecía medio bobo.

—Eso es otra cosa, verraco —lo regañó el viejo.

Heliodoro se fue de allí con 500 pesos menos, 300 para los enterradores y 200 para el administrador, para que no jodiera más con las autorizaciones. Y yéndose, Heliodoro meditaba en posibilidades más o menos delirantes:

a. Qué si estudiantes de medicina se robaron los restos de su abuelo o tal vez alguien que vende esqueletos, a ellos o a brujeros.

b. Algún innovador cuentapropista que fabrica peines o artesanías con los huesos.

c. Ratas gigantes capaces de arrastrar los cadáveres, como en un cuento que leyó de niño y lo aterrorizó, quitándole el sueño.

d. Que su abuelo Anastasio, aventurero y habilidoso como era, de alguna forma se valió para escapar de la condena —ayudado por amigos o gracias a sobornos— y lograr que oficialmente lo declararan fusilado. Por ello, cualquier día tocaría en la puerta, sonriente, diciéndole: "Aquí estoy, mi nieto. Entero y con 106 años en las costillas".

e. O quizás algún doctor Frankenstein cubano secuestró el cuerpo de su corpulento abuelo para un experimento tomado de internet… pero no, ese recurso no existía en los años 60, y después en Cuba no la dejaban entrar porque la acusaban de propaganda imperialista.

f. ¿Caníbales? Es posible; el hambre es mala consejera. ¿Si no con qué fabrican esas croquetas que venden por los barrios?

Se detuvo pensativo: "Coño, yo leí de un país donde un ecologista loco tiraba cadáveres a las aves de rapiña porque ya no encontraban con qué alimentarse. Esa es la clave del asunto, un hombre que ama a las auras tiñosas".

Pero la respuesta sólo la supo meses más tarde, en la restauración de la enorme casa familiar que había heredado de su último tío. Al derribar la puerta de una habitación clausurada, según oyó una vez se debía al posible derrumbe del techo, descubrió que éste estaba intacto y el cuarto repleto de muebles cubiertos de polvo o telarañas, que apartaba con las manos a la vez que miraba todo con curiosidad.

Heliodoro se ilusionó con el posible hallazgo de objetos de valor, tal vez hasta dólares o joyas —su familia fue rica hasta que el gobierno revolucionario le quitó los negocios—, y en esa búsqueda por gavetas y armarios le llamó la atención un cofre disimulado tras un librero. Lo arrastró hasta el centro de la habitación, forzó su cerradura y, al abrirlo, retrocedió espantado: en él había un esqueleto vestido con la bata de tela de toallas que, cuando niño, veía usar a su abuelo al salir del baño.

LA PANTERA ROSY

Era nueva en el barrio y de sólo cruzarse con aquella mujer, se excitaba hasta el grado de tener que sentarse donde pudiera disimular la erección. Tal era el poder de su mirada penetrante fijándose en sus ojos, hechizándolo, dejándolo indefenso. Un día fue ella quien dio el primer paso para conocerse, deteniéndolo en la acera, imperiosa.

—¿Por qué viras la cara al ver que me acerco? Mañana a las 8:00 a.m. hazme una visita de vecino. Tráeme un retrato tuyo. Sabes seguramente dónde vivo. Soy Rosy, sé que eres Cándido. ¿A qué te dedicas?

—Hago de todo. Electricista, carpintero, albañil, plomero. Lo que se presente.

—Me gusta que los hombres como tú se enamoren de mí —le dijo sonriente, haciéndolo enrojecer.

«¿Para qué el retrato? ¿Una broma o brujería?», pensó dudoso y le escribió un poemita de amor en el dorso, con miedo a parecer ridículo, a abusar de la confianza o que creyera que lo había copiado de algún libro. Luego se arrepintió, pero era tarde; sólo tenía un retrato y debía llevárselo. Esa noche casi no pudo dormir de la ansiedad.

73

A las ocho en punto, Cándido tocó en la puerta con la foto de carné en la mano. Cuando ella vio el poemita lo tachó tras leerlo en voz alta.

—Sólo te pedí un retrato. Tú no eres poeta.

—Discúlpame, ¿para qué lo quieres?

—Mientras lo tenga estarás bien conmigo; harás lo que te pida, serás mi pelele. Si te lo devuelvo en el futuro, vas a sufrir mucho.

Ella fue hasta el cuadro de una anciana en el centro de la sala e insertó el retrato en el borde de madera, más abajo del rostro de una mujer.

—¿Quién es esa señora tan bonita? Tiene una expresión muy dulce.

—La tenía mientras estuviera contenta. Era mi madre. Enfadada era un demonio. Ahora siéntate para brindarte algo.

Rosy regresó al poco rato para traerle una taza llena de un cocimiento caliente.

—¿Qué es esto tan amargo?

—Es un afrodisíaco, te va a hacer falta para complacerme. Cada mañana vas a tomarlo a esta hora.

Cándido, embelesado de sólo tenerla delante, también se sentía confundido, prisionero de una situación de la que no podía ni quería escapar, como si Rosy lo hubiera hipnotizado.

Desde esa ocasión, Cándido la visitó cada día en espera del premio de su amor y sólo recibía la rutinaria taza de cocimiento, y media hora después la orden de irse.

Una mañana lo mandó a seguirla por el pasillo lateral hasta una habitación y le dijo, besándolo:

—Hoy es tu día. ¿Estás asustado? Ya no puedes escapar de mí.

Ella lo tomó de la mano, haciéndolo desnudarse y acostarse boca arriba en la cama. Luego, ella también desnuda, se acostó sobre él hasta sentirlo terminar, pero siguió aprisionándolo con su cuerpo, sin moverse o decir una palabra.

—¿Ya puedo irme? —preguntó Cándido con timidez.

—Cuando yo lo diga. Terminaste muy rápido, eso no me gusta. Eres torpe. Vas a seguir ahí para hacerlo más veces. ¿Cuál es tu apuro?

—No sé.

—Entonces tranquilízate.

Un rato después, ya recuperado, Cándido la sintió menos tensa y trató de ponerla boca abajo. Ella adivinó su propósito, se zafó del abrazo y le dio una bofetada.

—Sólo haz lo que te ordene. Ahora ponte sobre mí.

Ya sobre ella empezó a lamerle los senos y penetrarla hasta chocar con una mirada vacía que lo aturdió, haciéndole perder los deseos. Era la expresión de alguien que está en otro mundo y Cándido se paró de un salto a observarla.

Ella estaba rígida y su boca dejaba salir espuma. Cándido nunca había visto a nadie convulsionar; creyó que ella moría. Se vistió aterrorizado, corrió a la puerta a pedir ayuda, se detuvo sin saber cómo proceder y regresó a la habitación.

Ella ya no parecía respirar. Sin dudas había fallecido, pero cuando él le apretó un brazo, ella abrió los ojos, mirándolo de una forma que él interpretó como una invitación al infierno o a la locura. Cándido retrocedió hacia la sala, decidió recoger su retrato y se topó con la anciana del cuadro, cuya mirada ya no le pareció dulce, sino amenazadora, como acusándolo de un delito. Salió sin el retrato, dando tumbos hacia el fresco de la calle, sin saber adónde ir.

CUÉNTAME TU VIDA

Era una mala mañana para el calvo Eliseo. Se levantó con dolores de cabeza y de espalda, sin haber dormido, y se tomó dos aspirinas con una taza de café de chícharos que le provocó otro malestar, esta vez de estómago.

La noche anterior, en una discusión de celos con su esposa, Eliseo le dio dos bofetadas. Entonces ella le partió un palo de escoba en el lomo (no pudo darle en la cabeza) antes de recoger su ropa e irse de la casa.

En esas condiciones, Eliseo comenzaba una jornada de trabajo en la que debía atender a varios solicitantes de plazas de tecnólogos mecánicos, citados para ese día en el departamento de personal donde atendía esa tarea que le desagradaba, pero que era parte de su contenido de trabajo.

Mientras Eliseo meditaba sobre su desgraciada vida, pasaron a la primera persona; tras el buró lo esperaba el adolorido calvo con sus espejuelos de armadura negra, que se quitó al ver entrar al aspirante, cuyo aspecto no le gustó.

Eliseo arrugó la frente y se pasó la mano por la calva antes de ponerse de nuevo los espejuelos para formular la primera pregunta, sin responder a los buenos días.

77

—Dígame su nombre.

—Yago Rodríguez Pérez.

—Edad.

—25.

—Entonces nació en 1960.

—Así es.

—¿Nombre de su madre?

—Dolores Pérez.

—¿Qué vestido usaba el día que usted nació?

—Yo nací desnudo. Tampoco he usado vestidos; soy hombre a todo.

Eliseo se irritó más de lo que estaba.

—Me refería a su madre, no a usted. No me embrome.

—Pienso que las mujeres paren desnudas. Tampoco he visto parir a nadie. Bien, por fotos de esa época, ella vestía de enfermera.

—¡Concrétese a las preguntas! Algunas pueden parecerle tontas, pero corresponden a un examen evaluativo de la memoria e inteligencia necesaria para el cargo solicitado. Este examen lo desarrollamos en el departamento para presentarlo al fórum de ciencia y técnica. Ahora dígame el nombre de todos los vecinos de la cuadra donde vive.

—No puede ser. Yo no vivo en una cuadra, vivo desde niño en el campo —respondió con una sonrisa de pena—. Usted tiene mal carácter.

—Tengo el carácter que me da la gana. ¿Pasó el servicio militar?

—No.

—¿Por qué?

—Me declararon no apto. A los 15 años andaba en una bicicleta, me agarré de un camión y sufrí un accidente. Me quedó un pie más corto que el otro; uso un zapato especial.

—¿Qué rayos hacía colgado de un camión? ¿Usted es tonto?

—Probablemente lo era en esa época; la inmadurez juvenil.

—¿Familiares en el extranjero?

—Sí, seguramente.

—¿Dónde?

—En África. Traían a los negros amarrados. También puedo tenerlos en Jamaica, Haití, etcétera, todo es posible. Los negros nos reproducimos mucho; somos calientes.

—Le pregunto por familiares en Estados Unidos o España, por ejemplo. No se haga más el gracioso, que no estoy para chistes.

—A Estados Unidos también llevaron negros, pero familiares cercanos no, no tengo. Ojalá los tuviera para pedirles ropa buena.

—¿Usted tiene problemas ideológicos?

—¿Qué es eso? Los negros prietos no nos vamos del país porque somos más tranquilos que los blancos, aunque hay negros mala cabeza y vagos justificándose con que, si los trajeron a la fuerza, hay que aceptarlos como son.

—Si no sabe no responda. Yo pongo lo que me parezca. No me obligue a perder la paciencia y no me dé teques políticos; yo sé más que usted de esos temas. Ahora dígame el color de su piel.

—Retinto. ¿Usted no me ve con esos espejuelos tan feos?

—Son los únicos que había en la óptica. Respóndame: ¿blanco, negro o mestizo?

—Negro, pero le voy a decir una cosa: yo leí en un libro científico que las razas no existen.

—¡Pero en este cuestionario sí existen! ¿Profesa alguna religión?

—Yo le tiro a la santería.

—Le pregunto por las religiones principales.

—Otro criterio erróneo. La santería también es religión. Pero, para complacerlo, sí, yo creo en la virgen de la Caridad y en santa Bárbara bendita.

—No le he pedido que me complazca. ¿Trajo su carné de identidad?

—¿Es lo único que necesita?

—Sí, es lo que se pide junto al certificado de estudios terminados. Y si dependiera de mí, solicitaría, además, una inscripción literal de nacimiento, fotos de carné y una fotocopia de la libreta de abastecimientos de la familia, entre otros documentos. Todo en un sobre manila grande.

—¿De qué color el sobre manila?

—Bueno, yo tampoco soy un burócrata. Debe ser amarillo.

—¿Dónde puedo conseguirlo? Porque en las tiendas no los venden.

—¿Para qué diablos lo pregunta si no tiene que traerlo?

—Por si acaso luego me lo piden.

—Bien, ahora mencióneme un anhelo suyo.

—¿Qué cosa es un anhelo?

—Algo que usted desea mucho.

—Está claro: una negrita linda o una lata de leche condensada.

—Ya terminamos por fin. Ahora lea el cuestionario y fírmelo si está de acuerdo mientras me tomo una pastilla.

—Yo no puedo leer eso.

—¿Por qué? ¿Acaso usted no estudió?

—Por supuesto. Tengo la secundaria, pero se me quedaron los espejuelos en la casa.

—Espere un momento. ¿Usted no es graduado de técnico?

—No.

—¿Entonces no posee preparación tecnológica para el cargo que solicita?

—Sí, como no. Tengo siete años de experiencia: reparo bicicletas o velocípedos. Soy un gran innovador. Muchos grandes inventores no tenían títulos.

—¡Pero por qué carajo no lo dijo antes! ¡Usted no puede aspirar a ese cargo! ¡Me van a volver loco!

Parándose de un salto, Eliseo rompió todos los papeles que tenía sobre el buró. Partió en dos los bolígrafos, pisoteó los espejuelos en el suelo y decidió presentar su renuncia, o tal vez suicidarse por la noche. Mientras tanto, el solicitante, asustado ante el ataque de histeria, retrocedía de espaldas, mirando cómo el calvo Eliseo le daba cabezazos a la pared.

NEGRAS VISIONES

Hasta ese día, al negro Tito nunca le había fallado el sistema. Con su cara de guanajo que no despertaba sospechas y una carretilla con la que recogía cartones, papeles desechados y metales, que vendía como materia prima, caminaba por el pueblo y observaba con disimulo las viviendas de ancianos solos para, al oscurecer, desnudo y embarrado de sebo, deslizarse por una ventana, llenar una mochila con objetos de valor y escabullirse; seguro que de ser visto, o perseguido, era inatrapable por lo rápido que corría, el sebo en el cuerpo o su facilidad para desaparecer en solares tupidos, alcantarillas u otros lugares oscuros.

Esa noche, Tito se había metido en la casa de Lucía, medio dormida en la sala, que se paró del sillón para buscar algo. Al sentirla acercarse, Tito sólo atinó a esconderse en un cuarto de desahogo, imposible de abrir por dentro por la rotura de su pomo, lo cual, claramente, él desconocía. Era precisamente allí donde la vieja fue a buscar lo que necesitaba. Y al abrir la puerta, encender la luz y ver al negro pegado a la pared, dio un grito a Carmela, su vecina, y cerró la puerta de un tirón.

Carmela, al enterarse de la situación, tomó una cabilla y abrió la puerta mientras Lucía temblaba de miedo en la sala. Con el hierro en alto observó por unos segundos al personaje

Domingo O. Castillo Álvarez

desnudo que la miraba implorante; ella contempló el gran tamaño de su pene y cerró la puerta.

—Ahí no hay nadie, Lucía. Seguramente viste un espíritu. Hay personas que se vuelven videntes con la edad. Vamos a mi casa y te doy una pastilla con un cocimiento, así te relajas viendo la novela mientras yo voy a la otra cuadra a comprar cigarros.

Pero la vieja no creía en espíritus. Media hora después regresó a su casa y fue directo al cuarto de desahogo. Lo abrió en un temblor y al cerciorarse de que no había nadie pensó que algo fallaba ya en su mente. Maquinalmente fue a su habitación a buscar otra pastilla. Al abrir la puerta, que tampoco supo explicar por qué estaba cerrada, retrocedió horrorizada, con la mano en el pecho. De su cama, Carmela, desnuda, dio un salto. Acostado sobre la sábana blanca quedó el negro, mirándolas, sin decidir si huir o quedarse quieto.

Días después, en la funeraria, a punto de salir del entierro, Carmela le comentaba afligida a otras vecinas:

—No tiene nada de raro que una mujer de su edad viera visiones antes de morir del corazón. Es bastante frecuente.

LA LEY DE LOS FUERTES

Yeyo era vago de solemnidad, pero solvente debido a las mensualidades que aún le pagaba el Estado por los apartamentos que le intervinieron, propiedad de su familia y construidos antes de la revolución a su nombre.

Por su edad, él no se sentía amenazado por la ley contra la vagancia, la UMAP u otras medidas de esos años terribles, aunque se sabía vigilado por el comité de la cuadra, y debía ser muy discreto en sus opiniones. Por ello, evitaba conversaciones que pudieran provocar sospechas sobre sus ideas políticas; sus únicas ocupaciones eran jugar dominó, comprar comida en bolsa negra, ver televisión y mirar pasar a las mujeres.

Yeyo odiaba tener problemas por resolver, pero necesitaba con urgencia una cuna para su primer nieto, a punto de nacer. Se enteró de que en una tienda venderían cunas por la libreta de abastecimientos y le ofreció 20 pesos a su vecino Mamporro para que hiciera la cola esa tarde-noche y se la comprara al otro día.

Para ello, Yeyo lo surtió con dos bocaditos de pan con queso más un termo lleno de café. Al amanecer, Mamporro, que ya había cagado y meado tres veces en un portal cercano a la

85

tienda, se había adjudicado el número uno. A su lado estaba una viejita tímida, sin bocaditos ni café, que también pasó la noche allí, con el número dos, y que debió aguantar las ganas de orinar o defecar.

Claro que las cosas no son tan fáciles como parecen. Seguía acumulándose gente, discutiendo sus lugares en la cola y comentando que sólo venderían dos cunas, aunque sin nadie irse porque la esperanza es lo último que se pierde.

La tienda abría a las 9:00 a.m. y a las ocho ya había un tumulto de abuelas potentes. Mamporro recordó la advertencia de Yeyo: "Si no me compras la cuna, no te pago". Preocupado, Mamporro se pegó como una rana a la puerta de entrada. Junto a él estaba la viejita, que miraba asustada al molote.

Casi a las nueve llegó un grandulón.

—¿Quién es el uno?

—Yo —respondió Mamporro con temor.

—Ahora eres el dos. El uno soy yo.

Entonces la viejita le susurró a Mamporro, pegándose a su oído:

—¿Qué va a hacer usted al respecto? No irá a permitir que lo humillen. ¿Cómo quedo yo si sólo hay dos cunas?

—Lo siento, mi vieja. Míreme. ¿Usted cree que yo puedo fajarme con ese hombrón? Obsérvele las muelas.

—¿Cómo voy a verle las muelas si no me abre la boca? ¿Acaso tiene rabia?

—Mi vieja, en cubano las muelas son los brazos.

No hablaron más nada porque en ese momento las empleadas decidieron abrir la puerta, halándola desde lejos con una soga. Aquel rebaño de búfalas, sin dar tiempo a que las puertas se abrieran del todo, las derribaron; rompieron los cristales, echaron a un lado a los débiles, con el peligro de aplastarlos —como a Mamporro, levantado de sus pies y arrojado a un rincón—, mientras se oían los gritos de las empleadas, que huyeron a la trastienda junto al ruido del pesado mostrador arrancado del piso, empujado por la avalancha hacia los anaqueles de las mercancías.

Pasaron 10 minutos y Mamporro seguía sentado en el suelo, estupefacto, sobre los vidrios rotos, con cortaduras en los brazos. A su lado el grandulón, también en el suelo, tapándose con un pañuelo la herida en una mano. Fue entonces que vieron a la viejita, despeinada, con un golpe en la cara y la ropa hecha jirones. En una mano enarbolaba triunfante el comprobante de compra, como si fuera la antorcha olímpica.

—Para que aprendan. Compré de primera. Ahora voy al almacén a recoger la cuna. Sigan como dos comemierdas en el piso, mirándole las nalgas a las mujeres.

LA NOCHE DEL COMPROMISO

Sentadas en sus puestos de trabajo, Mónica le cuenta a Diana los sueños que ha tenido con un hombre que vio en la calle. Él se quedó mirándola sin decirle nada, la siguió hasta su casa y se paró en la acera de enfrente durante una hora, hasta que, desde la ventana, lo observó irse lentamente.

Era un tipo de su agrado que ahora, en los sueños, se paraba delante de la cama, como si deseara acostarse a su lado. Luego retrocedía para desaparecer en la oscuridad al ella despertarse, dejándola asustada y sin poder dormirse de nuevo.

—Lo que debes hacer cuando sueñes con él es tomar la iniciativa, levantarte, abrazarlo y llevarlo a la cama, porque me aseguras que te gusta mucho —le sugiere Diana.

Mónica siguió el consejo en las siguientes noches. Lo esperaba desnuda, lo ayudaba a desvestirse, se amaban a plenitud y despertaba feliz al amanecer.

Otro día las dos amigas hablaron de nuevo sobre el tema.

—Es un sueño demasiado real para serlo, como si él entrara primero a narcotizarme. Incluso una ventana que dejo cerrada la encuentro sin cerrar al levantarme.

—Asegúrala con un tranque más fuerte.

88

—No, porque entonces no soñaría más con él. Aunque tienes razón, también puede colarse un ladrón.

Esa tarde un carpintero le colocó un cerrojo adicional a la ventana. Durante varias noches no recibió la visita nocturna, pero él volvió para hacerla disfrutar del sueño más placentero.

Apareció como acostumbraba, desde las sombras. Frente a sus ojos le abrió una cajita con un anillo, la cerró y la puso sobre la mesita de noche. Se desvistió sin su ayuda, se acostó, besándola tiernamente y uniendo su cuerpo al suyo en un lapso de placer interminable que la dejó en un sueño profundo, del que la sacó el timbre del reloj despertador.

Mónica hubiera querido seguir acostada y no ir a trabajar; se sentía agotada. Tras vacilar un rato se obligó a sí misma a levantarse. Al sentarse para acomodarse las sandalias, descubrió, sobre la mesita, la cajita con el anillo. A su lado estaba el cerrojo nuevo de la ventana.

QUÉ COMPLICADA ES LA VIDA

Ingenuo como era, y siempre con el sueño de huir del comunismo, Antenor se llenó de valor y fue a la oficina de emigración para preguntar qué posibilidad había de que le permitieran salir del país para reunirse con familiares que vivían en Nueva York.

Tras dos días de espera, un oficial se dignó a atenderlo, mostrándole el desprecio que les inspiraba alguien que no fuera capaz de abrazar la revolución y sacrificarse por ella.

—Usted tal vez no lea los periódicos, no oye a nuestro comandante o está en las nubes. La política del país es impedir la emigración. Usted, además, está en edad militar. Vuelva cuando tenga 65 años, entonces valoraremos su caso.

—Para esa época me faltan 30 años. Si llego a los Estados Unidos con esa edad nadie me daría trabajo.

—No sé responderle a ese criterio. La revolución es generosa con su pueblo. Usted no tiene necesidad de emigrar.

—¡Pero dentro de 30 años ya ustedes no estarán machacando a la gente!

—Voy a borrar la idea de que lo oí para no tener que multarlo por desacato o mandarlo a los tribunales. Váyase, no vuelva más por aquí.

Esa misma noche, aún temprano, el zapatico de dos tonos —como llamaban a los carros patrulleros del G2— llegó a casa de Antenor y se lo llevaron sin darle explicaciones. Al otro día fue montado en un camión junto a otros infelices sospechosos de no vivir acorde a la nueva época; fue enviado a la UMAP por disidente y católico.

Fueron dos años de humillaciones, trabajo esclavo; hacinado en un albergue con una sola letrina, adonde iba de madrugada a tratar de defecar por su estreñimiento. Salió de aquella temporada en el infierno con úlcera estomacal, hipertensión, hemorroides, depresión y su personalidad destruida.

Por todo ello, Antenor era fatalista y paranoico. Vivía pensando que algo le iba a pasar, como accidentarse en un choque. Por ello andaba a pie, pues de todas formas ya casi no había ómnibus locales, y si aparecía uno y lograba montarse, adentro podían robarle la cartera o la cadena de oro con un crucifijo que perteneció a su madre. Tampoco subía a los carretones de pasajeros, pues al estar apretado entre personas extrañas lo contagiarían de alguna enfermedad. Además, temía que los caballos se desbocaran, algo frecuente en aquella época en que el tiempo había involucionado un siglo.

Al cruzar las calles a medianía de cuadra, Antenor miraba tres o cuatro veces a ambos lados, aunque la calle fuera de un solo sentido, pues ya lo había arrollado un ciclista contra el tráfico y que, además, lo tildó de ciego e imbécil antes de seguir su camino, sin ayudarlo a levantarse. Y jamás cruzaba por las esquinas, ya que las motocicletas eléctricas doblaban a toda velocidad sin hacer ruido o pitar, conducidas por muchachones amantes de la velocidad.

91

Cuando llegaba a su casa respiraba profundo; meditaba al cerrar la puerta: "Llegué ileso, tuve suerte". También temía caerse y partirse un hueso: "Mi esqueleto no tiene calcio por falta de leche o carne. En el hospital a veces no pueden hacer radiografías o carecen de yeso".

A pesar de estar divorciado, evitaba a las mujeres. Se percataba de que algunas lo miraban con interés, las deseaba, pero: "Pueden pegarme una enfermedad o salir preñadas para reclamarme la mitad de la vivienda y hasta decirme después, con cinismo, que el niño no es mío".

Aunque mantenía la casa herméticamente cerrada por miedo a los rateros, esa tarde, al entrar, Antenor sintió un ruido. Como acostumbraba en esos casos, metió la mano tras el librero y sacó un viejo revólver de la guerra de independencia, reliquia de la familia —que si lograba disparar probablemente le reventaría la mano—, el cual conservaba para asustar a los ladrones si osaban entrar.

Antenor se asomó al cuarto. Allí estaba el delincuente, registrando el escaparate; debía ser algo sordo porque no lo oyó acercarse. Era un hombre muy flaco. "¿Por qué diablos se había metido en mi casa, la más pobre del barrio? Tal vez porque tengo rejas me creyó un nuevo rico, como los que hay ahora en el socialismo cubano, y se va a comer un pan conmigo". Tragó en seco. Temblaba, pero improvisó una voz de guapetón, apuntándole con la reliquia:

—¿Qué rayos hace usted aquí?

El tipo, al virarse, cayó sentado en el suelo, blanco como la pared; temblaba más que Antenor y se puso de rodillas.

—¡No me mate, por favor! Yo no hago daño a nadie, sólo me busco la vida. Estoy enfermo de los oídos y la garganta. No me apunte con ese mosquete, ya me estoy cagando. No llame a la policía, yo me voy por donde vine sin llevarme nada. No rompí la ventana de la cocina, sólo la empujé; debe ponerle reja también y no confiar en el cerrojo.

Antenor no iba a llamar a la policía. Les temía igual que a los fiscales, jueces, testigos o hasta al portero del juzgado porque, según historias oídas, se iba de acusador a un juicio y se formaban enredos en que se terminaba de acusado. Tampoco bajaría el revolver, sostenido con las dos manos, porque al ver al ladrón tan pendejo se sentía superior. Lo interrogaría para verlo sufrir como castigo antes de dejarlo ir.

—Bien. Camine delante de mí. Siéntese en la sala para decidir si llamo a la policía.

El caco humildemente se sentó sin recostarse, frotándose las manos, nervioso.

—Por Dios, apunte al suelo; se le puede ir un tiro y tengo una familia que depende de mí. Dos tíos viejos que se fuman el dinero del retirito y un sobrino inválido y bobo, porque la puta de mi hermana lo trajo un día y dijo: "Cuídenmelo un ratico". No apareció más.

Antenor valoró al tipo como un cobarde igual a él. Volvían a su mente recuerdos desagradables de momentos en que fue vejado o amenazado; meditaba en que ambos también se parecían en que vivían al día, el ladrón por su supuesta familia y él porque pidió dinero prestado a un primo para costear las rejas y cada fin de mes pagaba poco a poco la deuda.

—Ahora explíqueme por qué roba. Podría criar cerdos o gallinas, vender café de contrabando o revender dólares.

—Es que en esas labores te acosa la policía y también lo roban a uno, igual que en las placitas, la bodega y en todas partes. Antes yo trabajaba diferente: velaba a la gente que se iba del país cuando le quitaban casa con todo dentro y la sellaban. Esa misma noche estaba ahí, tempranito, un jamón, una casa sin nadie; velaba a los chivatos del comité del barrio antes de que los jerarcas se llevaran las cosas buenas, se apareciera otro ladrón o alguien sin casa rompiera el sello para meterse con familia y todo. Ahora la situación es más difícil, a la gente le ha dado por poner alarmas, cerraduras de las tiendas de divisas o rejas de acero; se van y las casas quedan como fortalezas.

—Entonces usted es un delincuente profesional.

—No lo crea. Dios me llevó a eso porque Dios existe, ¿o no?

—Sí crees en él, existe.

—¿Y si no crees?

—Existe igual, lo que pasa es que en este país te prohibieron creer, entonces había que decir que no creías. Si niegas que existe, por miedo, para ti no existe y a Dios no se le niega. Así de simple.

—Coño, qué complicada es la vida. Ahora usted me dejó más confundido porque primero fue la inscripción de nacimiento que no apareció porque quemaron el juzgado. ¿Qué culpa tengo yo de que un atarantado se entretenga quemando oficinas? Entonces no pude arreglar el carné de identidad para sacar una licencia de carpintero. También se perdió

94

mi expediente laboral, donde trabajé 30 años hasta que me dejaron disponible. Burócratas inútiles, ya nadie sabe desarrollar su trabajo. Yo quería la licencia para arreglar puertas y ventanas, otra cosa no, porque no tengo espejuelos. Claro, en dólares si los venden, pero no tengo nadie fuera del país que me dé una mano. A mi padre, en 1968, le intervinieron sus herramientas de carpintero en la ofensiva revolucionaria, como llamaron a aquella estupidez. Con la depresión que cogió, se ahorcó. Él no hacía contrarrevolución por arreglar muebles, al contrario, era del comité de la cuadra, hasta cumplía con las guardias. Cuando quedé disponible nadie me dio trabajo porque no veo bien y tengo mala la columna. Ponga esa reja que le falta; por ahí anda gente mala robándole a las personas decentes. Y, por favor, deme un vaso de agua. Yo no me muevo de aquí.

Borracho por la perorata, sin soltar el arma, Antenor le trajo el agua.

—Me la trajo caliente.

—Tengo el refrigerador roto hace años. ¿De dónde voy a sacar el dinero para repararlo?

—Coño, me da pena con usted —el ladrón se metió la mano en el bolsillo y sacó un rollito de billetes—. Aquí hay como 1,000 pesos de un facho que hice en casa de un revendedor; ladrón que roba a ladrón, 100 años de perdón. Tómelos para el arreglo, mañana vengo con un carretón para llevar el refrigerador al taller. Usted no tiene ni que ir ni hacer fuerza, yo me ocupo de todo. Y bueno, ya me voy, quedamos como amigos. Mañana estoy aquí temprano.

Domingo O. Castillo Álvarez

El ladrón dejó el rollito de billetes sobre la mesa de centro y se fue corriendo mientras Antenor lo tomaba y examinaba: eran los 20 billetes de a peso que tenía en el escaparate, el único dinero que le quedaba.

MI ALUMNA PREDILECTA

Cuando comenzaron las clases apenas me fijé en una estudiante discreta, trasladada desde otra universidad, siempre sentada en la última fila. A los pocos días se me acercó a consultar sus dudas y empezó a venir mejor vestida, con otro peinado, perfumada; me esperaba en los pasillos con sus preguntas tímidas, convirtiéndose en alguien tan cercano a mí que sentía ansiedad hasta verla llegar. Y qué día tan radiante aquel en que, al encontrarme en una cola, me besó y acarició mi cuello.

Un mes después caí en desgracia y me despojaron de mi plaza de profesor. Había comentado entre colegas la estupidez de mandar cubanos a combatir a África por causas que no le incumbían al país. Alguien del grupo que creía confiable, por envidia o por ganar méritos, me delató al rector de la universidad, que al otro día me citó a su oficina para quitarme mi empleo. Fue concreto:

—Usted es un buen profesor, de acuerdo, pero es apático ante la ideología de la revolución; tal vez porque estudió en los Estados Unidos. También sostiene criterios que son peligrosos en alguien que educa a jóvenes.

97

—Al suponer que usted tenga razón hay una contradicción en ello, porque si pidiera el permiso para emigrar del país me lo negarían, sobre todo por ser graduado universitario. Entonces yo le pregunto cuál es mi destino si no me permiten impartir clases.

—El Estado le dará trabajo en algún lugar, seguramente ganando menos. Debe entender que lo que le ha pasado es sólo por sus ideas negativas.

Transcurrieron varias semanas, al fin encontré una plaza de técnico en una fábrica de piezas para la industria azucarera. Allí apreciaban mis conocimientos, eludía hablar de política y hasta participaba en los trabajos voluntarios o los actos políticos, pues me sabía vigilado y debía evitar otro problema y terminar cortando caña o, incluso, preso.

Me resigné a la frustración de dejar mi labor de educador. Traté de olvidar mi vocación para siempre, lo cual era imposible. Solo en la casa imaginaba nuevas clases, en las que brindaba a mis alumnos conocimientos que leía en los textos, que poseía en varios idiomas, o en las revistas técnicas que recibía la biblioteca de la fábrica. A la muchacha tampoco la olvidaba.

Sorpresivamente, una tarde de domingo ella tocó a mi puerta para pedirme ayuda en una asignatura. ¿Cómo averiguaría mi dirección que no daba a nadie? Estaba solo, como siempre. Nos sentamos frente a la mesa llena de libros. Me esforcé en controlar mis palabras, la mirada, mi nerviosismo. Ella lo notaba porque sonreía. ¿Acaso podría adivinar cuánto deseaba besar sus labios bien pintados, brillantes, tan cerca de los míos, y lamer sus senos abultados tras el pulóver?

Sólo atendía a los textos para esquivar sus ojos, me rascaba la barbilla; no me atrevía a mirar sus muslos en el short que seguramente se puso para mostrármelos. Alargué las explicaciones para tenerla conmigo más tiempo y disfrutar de su presencia.

Una hora después, para aclarar algo, se me pegó más, con su boca cerca de la mía. Al caérsele el bolígrafo, agacharse para recogerlo y observarme inclinada unos segundos, hizo la pregunta que me obligó a mirarla de frente.

—¿Tú estás enamorado de mí?

Sin esperar respuesta, para arrebatarme o sosegarme —no adiviné su propósito—, me besó y se paró del asiento.

—Ya me tengo que ir.

—¿Pero por qué si no hemos terminado? Hoy domingo hay pocos ómnibus para regresar al albergue estudiantil. Podrías quedarte a comer y dormir; sobran las camas. Nadie te va a molestar.

—¿Ni tú?

Se quedó por el resto del curso. Cuando llegaba le tenía el baño preparado, la comida hecha y su ropa lavada, planchada. ¿Qué importaba todo eso si el sueño era realidad? La tenía sólo para mí. Las noches eran maravillosas y la primera fui hasta su cama:

—¿No temes estar sola conmigo?

—¿Por qué eres tan indeciso?

Cerró los ojos mientras la desvestía; los abrió al saberse desnuda y lo que vi en ellos me embrujó. Se reacomodó en la cama, volvió a cerrarlos, empecé suavemente a poseerla.

¿Por qué una muchacha de 22 años podía interesarse en alguien tan gris, con 45 inviernos en las costillas, vestido con ropa antigua, y que nunca la enamoró ni le dio una pista de cuánto la amaba?

Una tarde le comenté que yo era un disidente, que estar conmigo la podía perjudicar, que el comité de la cuadra seguramente ya había informado de su presencia en mi casa.

—No te preocupes por eso. Soy militante de la Juventud Comunista; participo en todas las actividades estudiantiles. Si me cuestionan, digo que aprovecho tu ayuda técnica, aunque seas enemigo de la revolución.

Una mañana, mientras desayunábamos, preguntó por la mujer en los cuadros.

—Era mi esposa.

—¿Se divorciaron?

—No. Murió hace 10 años. Venía de noche en un ómnibus que chocó con un tractor abandonado sin luces.

—¿Nunca te volviste a casar?

—No. Últimamente tenía una amiga, otra profesora, pero rompí con ella desde que te quedaste conmigo.

—¿Una querida como yo?

—Tú no eres una querida, tú vives en mi casa.

—Pero no me has ofrecido matrimonio.

—Cuando te gradúes nos casamos. No creí que te interesara tanto esa formalidad.

—Será al regresar de mi pueblo en Oriente. Quiero pasarme un mes con mi abuela para que me enseñe a cocinar. Ella me crio, no tengo a más nadie. Te dejaré el teléfono adónde podrás llamarme.

—Será todo como tú digas.

—¿Y tendremos hijos?

—Si lo quieres los tendremos.

—Así mis amigas se van a quedar con la boca abierta porque dicen que te exploto, que al graduarme no me vas a ver más.

—No les hagas caso. Eres un regalo de los dioses: griegos, romanos, africanos, todos los que haya, si es que los hay.

Un mes después fue la noche de despedida. Luego de amarnos le acariciaba las piernas aún en la cama.

—¿Te gustan mis muslos?

—Me gustas toda.

—¿Lo que me haces igual se lo hacías a tu esposa?

—Sí.

—¿La querías más que a mí?

—Eso no se pregunta. Éramos jóvenes, ya no lo soy tanto.

—¿Me vas a extrañar este mes?

—Mucho.

Sin dudas que la extrañaba; contaba los días y marcaba el almanaque. Ya la había registrado en mi domicilio. Con un buen amigo que me debía favores logré que la ubicaran en una empresa de la ciudad para su servicio social.

Pero no lograba comunicarme con ella por teléfono. Pasó el mes, luego otro y ella no regresó.

Durante esos días acudía a un pequeño bar frente a la terminal de ómnibus a la hora en que arribaba el carro de Guantánamo; me sentaba frente a una ventana, con el vaso de ron en la mano, sin hablar con nadie. Al cerciorarme de que ella no llegaba, pedía otro trago, después otro más y luego me iba, jurando que no seguiría en esa espera, alcoholizándome poco a poco.

Al día siguiente retornaba al bar, aunque fatalista como era, me creía engañado después de haber llamado varias veces a aquel teléfono para oír una voz temblorosa que sólo contestaba no poder hablar de su nieta.

Pero seguía esperándola. Como raramente oía noticias o leía periódicos, estaba consagrado a mi trabajo (últimamente también al alcohol) y no tenía amigos comunes con ella, sólo me enteré por una carta de la abuela, tres meses después, del choque del ómnibus, en que mi amada regresaba, contra un tractor con las luces apagadas, por lo que estuvo en estado muy grave.

Quedé paralizado por varios minutos hasta que al doblar el papel descubrí que, al dorso, la carta tenía una nota de ella, escrita con una letra muy deformada que me costó trabajo descifrar. Ahí me explicaba que con las dos manos enyesadas le era difícil escribir; tendría que andar con muletas y dijo que, si aún la quería, que fuera a buscarla, pues sola le sería trabajoso regresar. Claro que iría.

Sollozaba de felicidad y sólo atiné a sentarme en un sillón a besar la carta.

CADA LOCO CON SU LÍO

Todas las tardes después de bañarse, Pío el Horcón se sentaba en un banco solitario bajo los árboles para dar tiempo a que sus amigos de la peña de béisbol se agruparan en la esquina, alrededor del sillón del limpiabotas. Mientras tanto, Pío leía páginas de alguna novela policíaca, sus preferidas. Ese día tenía en sus manos un ejemplar de **Un disparo en los testículos**, y como tenía fama en el pueblo de tipo duro de malas pulgas, nadie osaba sentarse junto a él para molestarlo con cigarros encendidos o un intento de entablar una conversación.

Sin embargo, aquella tarde se le acomodó en el banco aquel barrigón sin siquiera saludar (a pesar de que había otros bancos vacíos en la sombra), con dos jabas que puso a su lado; una cerrada y otra más pequeña, de la que salía un exquisito olor a comida. Eran croquetas, cuyo olor le hizo la boca agua a Pío al sacarlas el tipo una a una, comiéndolas sin la mínima cortesía de brindárselas. Tras engullir una docena, el hombre viró la cara y le preguntó:

—¿Usted tiene mujer? Porque lo veo con la ropa estrujada.

Entonces el Horcón se percató de lo sospechado: que se trataba de un loco de esos que andan de pueblo en pueblo o, como mínimo, un idiota.

103

—Es que mi esposa en lugar de plancharme la ropa me la guardaba en botellones.

—¿Entonces usted no tiene plancha?

—En Cuba ya no hay planchas ni nada. Sí tenía una, pero mi mujer era muy celosa, y como soy mujeriego me quemó la barriga con ella, luego me la tiró por la cabeza, me agaché y mató a un vecino que pasaba frente a la ventana. Está presa; me liberé de ella por ocho años, aunque con el mal genio que se gasta, seguro que en la cárcel mata a alguien. Entonces seré libre para siempre.

Pío fantaseaba para burlarse del gordo, que le cayó mal desde que se sentó en su banco y continuó molestándolo.

—Yo lo he visto a usted antes —el barrigón seguía hablando con la boca abierta, masticando las croquetas—. Y sí le aclaro que mi mujer nunca me ha quemado, aunque sí me pega los tarros. Por eso estoy mal de la cabeza.

—¡Pues seguro te los pega por tragón, maleducado e imbécil!

El gordo lo miró como si no comprendiera lo que oía. Se paró con sus jabas y siguió comiendo en otro banco. Pío también se levantó para caminar hasta la esquina, donde ya se agrupaban sus amigos para discutir de béisbol, pero aquel día andaban los dementes sueltos.

Minutos después apareció otro loco: flaco, despeinado, con ojos desorbitados. Vestía un pantalón apretado y una camisa bailándole en el cuerpo, con un letrero en inglés que traducido sería: "Cárcel de Montreal". Fue parándose delante de cada uno, como si quisiera reconocerlos, hasta detenerse frente a Pío.

—Busco a un maricón para meterle por el culo el cuchillo que traigo en la mochila. Creo que eres tú.

Claro que si a Pío le decían el Horcón era porque estaba curado de espantos. Todos se apartaron para ver el puñetazo que le daría al lunático para tirarlo a la larga en la acera, pero sólo lo miró sin parpadear para responderle:

—Yo también ando buscando a uno así para matarlo.

—¡Pues vamos a buscarlo juntos!

—No, porque ahora estoy hablando con un espíritu que tengo parado al lado, diciéndome que el maricón que tú buscas es aquel de las dos jabas en el banco.

Al oírlo, el orate se fue a pasos largos hacía allí, donde todos vieron cómo sacaba el cuchillo hasta pararse frente al comelón, quien, al verlo, abrió la otra jaba, sacó dos naranjas y se las dio al loco, que se sentó a pelarlas.

COMPAÑERA DE VIAJE

Un día muy frío para viajar. ¿Qué remedio queda? Saturnino viste un abrigo beige de piel sintética que le mandaron de Estados Unidos, con el que no hay frío que valga. Y aquella muchacha tan preciosa, desabrigada, que se comió con la vista en el andén, también sube al ómnibus (ese día inusualmente medio vacío, tal vez por el frío) y camina buscando un asiento.

—¿Está ocupado?

—No, puede sentarse.

Su aroma lo arrebata, lo pone nervioso; debe controlarse para tratar de buscarle conversación, pero es ella la que empieza.

—¡Qué frío! No tengo abrigo y usted no tiene problemas con ese chaquetón tan bonito.

—Puedo prestárselo durante el viaje, yo ya tengo calor —se lo quita y ella se lo pone sin titubear.

—¡Qué olor tan agradable tiene! Qué calorcito me da. Voy a cerrar los ojos porque anoche no dormí.

En dos minutos se duerme, o así aparenta. Su hermosa cabeza se inclina y queda recostada en su hombro; su manita cae como sin querer sobre sus muslos, rozando la erección incontrolable. Él no se atreve a apartarla, pues qué iría a pensar ella: ¿qué a él le disgustaba ese descuido? Despierta al poco rato, endereza la cabeza, aunque no aleja la mano del promontorio, afirmándole muy seria.

—Usted está así por culpa mía.

No dice más nada. Él suda a pesar del frío, su mente hierve: "Sin dudas está puesta para mí. La invitaré a comer a un restaurante de los que cobran en divisas, o no, mejor a mi casa, allí la devoro a ella. ¿Cómo será desnuda? ¿Se lo afeitará como dicen que es la moda? Aún no he visto ninguno afeitado, ni peludo, desde que me divorcié hace un año. Tal vez hasta me enfríe si lo veo afeitado porque me parecería estar con una niña. ¿Cómo se comportará en la cama? ¿Será pasiva o querrá dirigir la fiesta? ¿Qué le haré primero? Debe tener unas tetas paraditas, como a mí me gustan, no como las de mi mujer, que parecía una vaca. Pero debo estar tranquilo, ya me pedirá lo que más le guste que le haga".

El arribo del ómnibus a una parada interrumpió sus lucubraciones eróticas y ella retira su mano.

—Espero que le baje esa inflamación, siento no poder ayudarlo. Aquella rubia que está en la parada es mi pareja, que me espera. Encantado de conocerlo. Usted me recuerda a mi padre: la misma edad, servicial, callado.

Cinco minutos después, en el ómnibus alejándose, aún en sus ojos la expresión de burla de la muchacha, Saturnino despierta a la realidad. Se levanta del asiento y sobresalta a los demás pasajeros con su gritería:

—¡Carajo, esa descarada me robó el abrigo!

107

NO HAY NADIE PERFECTO

La conocí cuando terminé el servicio militar en Angola y empecé a trabajar. Esa misma semana decidimos juntarnos porque yo estaba solo en mi casa y necesitaba una mujer. Ella era buena, pero los problemas empezaron la primera noche.

—¿Te ponías nervioso? ¿No podías complacerla en la cama? —le pregunta su amigo.

—No. La cuestión era que ella tenía muchas cosquillas; de sólo tocarla empezaba a dar gritos, a reírse a carcajadas. Aparte de que siempre andaba vigilando a cucarachas o ranas para gritar más duro. De noche también, por cada ruidito, creía que había un fantasma.

—¿Entonces qué hiciste?

—La miraba encuera para masturbarme.

—No, quiero decir que si pudiste domarla.

—Ah, sí. Una noche la amarré a la cama y le puse un trapo en la boca. Me di gusto tres veces.

—¿Y ella cómo lo tomó? Te denunciaría a la policía.

—No, qué va. Le encantó. Todas las noches tenía que amarrarla como un cerdo y taparle la boca porque los gritos se oirían a cinco cuadras.

—¿Pero siguieron bien?

—No, lo que debía pasar, pasó. Yo gano poco, ella quería comer carne, ir a la playa y comprar ropa en dólares, sin trabajar, porque no sabía hacer nada; era haragana. De adolescente eran tres hermanas, la que se levantara primero debía limpiar la casa y cocinar ese día. Cuando la madre regresaba por la tarde del trabajo, las tres seguían acostadas, muertas de hambre, con la casa sucia.

—Finalmente, ¿qué pasó?

—Me dejó. Se fue con un guajiro que puede ser su abuelo; riquísimo porque cosecha ajos, cebollas, malanga. Hasta tiene vacas y vende leche y queso en bolsa negra.

—¿Te afectó? ¿Cómo quedaste?

—Tranquilo. Ahora estoy ligando a una de sus hermanas, que tiene más cosquillas todavía. Tengo la soga preparada.

Domingo O. Castillo Álvarez

¡TAN SATA COMO ES!

Brígida quizá tendría ese cargo de conciencia, aunque se decía inocente, pues qué culpa tenía de que al salir desnuda del baño del segundo piso a buscar la toalla, su cuñado Cipriano, que no debía llegar a esa hora, entrara a la casa. Quedaron ambos frente a frente. Ella avanzó dos pasos, él retrocedió tres y cayó por la escalera; se partió la cadera, la clavícula y perdió el conocimiento.

Cipriano se recupera de la operación en una cama del hospital y medita en lo que pasó. No le fue fácil encontrarse de pronto con aquel ángel de 18 años, mojadita como una fritura sacada del almíbar. Lo haría adrede al sentirlo llegar y preguntar si había alguien en la casa sin ella contestar. Para colmo, en un momento en que llevaba tres meses sin poder tocar a su mujer a punto de parir.

Toda la familia se puso contra la muchacha porque sospechaban que fue a propósito, enamoradiza como era, para provocarlo, que la llevara arriba, la levantara en peso y la tirara en una cama para comérsela viva porque no había más nadie en la casa. Además, los comentarios se agravaron por la letanía de la abuela, siempre enjuiciándola: ¡tan sata cómo es!

¿Qué más hubiera dicho la anciana de saber los pensamientos de su nieta cuando se vio desnuda frente a él? En esos segundos accidentales lo habría sentado en una silla y, abriéndole la portañuela, encaramada sobre sus piernas, lo hubiera obligado a poseerla.

Pero Cipriano, en su cama del hospital, no logra borrar de su mente en qué locura se habría metido si no hubiera sido por la caída y si ella no lo rechazaba. Y en ese momento, con esas reflexiones y las consiguientes erecciones que trata de aplacar, ve llegar a Brígida, más bella que nunca, y sentársele en el borde de la cama, porque testaruda, o loca como era, sus caprichos los llevaba hasta el final, sin importarle las consecuencias.

—Esta noche me toca acompañarte, cuñadito. Cuando nadie esté mirando y apaguen las luces, te voy a hacer una cosa riquísima que pensé el otro día y que te va a curar del todo.

SATANÁS Y YO

No sé si fue aquel licor extraño que me brindaron en casa del Cabezón (tremendo curda el tipo) porque yo sólo tomo si me invitan. Nunca poseo ni un centavo y el problema es que tengo demasiados amigos, todos recordistas en el ron, aguardiente o lo que aparezca. El caso es que tras dos vasos del licor del Cabezón tuve la visión de que el diablo andaba suelto por el barrio en forma de perro y salí a buscarlo.

Errar es de humanos. Sólo tuve fallos que me costaron la rotura del pantalón, de las medias y hasta una mordida bastante dolorosa en una canilla. Puros tropiezos sin importancia, pistas falsas.

Y al fin creí encontrarlo al filo de las dos de la madrugada. Era enorme y lo acorralé en un callejón entre dos casas, con el riesgo de que me confundieran con un ladrón y me dieran un tiro o un machetazo.

La bestia echaba espuma por la boca, arrastraba las patas traseras, sus ojos echaban chispas, y no miento porque había Luna llena y en la acera una luz encendida. Agachado me le acerqué lo suficiente para que supiera que no le temía y no se dio por enterado, casi me arranca la mano con la primera mordida. Me tumbó al piso y se me tiró al cuello, desollándomelo.

Desde ayer estoy ingresado en el hospital bajo observación. Ya me han puesto como 20 inyecciones. Dice la enfermera que tuve suerte porque hacía meses que no recibían esas vacunas. Fue otro error: el perro no era Satanás, simplemente tenía rabia, que me pegó el muy condenado. Pero ahora tengo la certeza, no es por la fiebre, de que al médico viejo que me está auscultando le veo cara de perro, sí es el diablo en persona. En un descuido lo agarraré por el cuello y le daré dos piñazos para que lo confiese antes que me muerda.

Domingo O. Castillo Álvarez

CUESTIÓN DE TARROS

Fornicio llevaba tiempo pretendiendo su amor y esa tarde quedaron solos en la oficina.

—Lilith, tienes la sonrisa más bella del mundo, también los ojos o todo lo demás. Verte es como ver a Dios.

—Coño, tú me elevas tanto que me da miedo mirarme en el espejo, que me dé un mareo y caerme.

—Si caes al piso no te pasará nada porque eres un ángel divino.

—¿Y si me lleva el viento?

—Yo vuelo en el acto para rescatarte.

—Como Superman. Con esos empalagamientos es como tumbas a las mujeres.

—No, son palabras sólo para ti, no exagero.

—¿Tú no sabes que soy casada?

—Sí, lo sé.

—¿O que mi marido tiene otra mujer?

—No, eso no me incumbe.

—En realidad me caes muy bien y como mi esposo me engaña, me voy a desquitar. Tú eres mi elegido.

—El corazón está de fiesta. De acuerdo, soy feliz de poder ayudarte en tu venganza.

Fue grandiosa la primera ocasión en que se amaron; luego él durmió bien, agotado. Por la mañana desayunó como se debe: había conseguido yogur. Se vistió y salió a comerse al mundo o, mejor dicho, a Lilith, que lo esperaría al mediodía en un parque cercano para de ahí ir de nuevo a aquella posada clandestina tan discreta. Así fue durante diferentes tardes. En una de ellas, aún desnudos en la cama, la besó diciéndole al oído:

—Te amaré hasta la muerte.

—Ciertamente puede que mueras con los golpes que te va a dar mi marido. Ya le dijo a la hermana que va a matar al hijo de puta que se acuesta conmigo y que a mí no me va a tocar más.

—¿Cómo se enteró? Todo lo hemos hecho con mucha discreción. ¿Y se refiere a mí?

—Claro, tú eres el que escogí porque lo pediste y eres el más flaquito e infeliz. No puedes lastimarlo si te defiendes de él. Así evito tener que cuidarlo en el hospital.

—¿Por qué has formado esa intriga?

—A él le da lástima dejarme, así se va de una vez, también de paso me desquité.

—¿Entonces qué debo esperar?

—Tener a alguien preparado para que te cuide en el hospital si sobrevives.

—¿Cómo sabe que soy yo?

—Porque le mandé cartas de una supuesta "asociación de tarrudos anónimos e iracundos" dándole las condolencias y mencioné tu nombre. Aparte de eso, le filtré el dato a una amiga de él, que es una chismosa. No tienes escapatoria. Lo siento, porque la pasé bien contigo.

Fornicio perdió el sueño. Empezó a bajar de peso. Sentado en un banco del parque meditaba: "¿Por qué me meto en estos líos sin ser mujeriego? Con tantas mujeres solteras que se interesan en mí. Esto es bueno que me pase, por idiota".

Hacía días que Fornicio andaba con un cuchillo bajo la camisa, con la ilusión de que eso amedrentaría al tipo antes de atacarlo, pero no le dio tiempo de sacarlo al quedar paralizado de miedo. Frente a él estaba un hombre que sin haberlo visto antes se imaginó quién era. No tenía posibilidad de correr porque sus piernas no le permitían ni pararse. Estaba a punto de desmayarse.

El hombre era de su tamaño, sólo algo más fuerte, con la diferencia de que no sería un cobarde a punto de orinarse, como él.

El tipo lo observó unos segundos, se sentó a su lado y le pasó la mano por los hombros, serio, callado. ¿Pensaba estrangularlo o meditaba cómo machacarlo? Al fin le habló:

—Te buscaba desde hace días y te encontré. Tú eres el que anda con mi esposa. Sin quererlo me has hecho un gran favor. Ahora puedo divorciarme sin remordimientos porque

116

no la dejaba por lástima y estoy enamorado de otra mujer. No obstante, te mereces algo.

Lentamente bajó el brazo derecho de sus hombros y, sin levantarse del banco —era zurdo—, le dio tal puñetazo en el estómago que lo dejó doblado. Se paró, lo observó retorcerse de dolor y se alejó sin apuro.

BESOS CON GUARAPO

Sin que pareciera enfadada, la muchacha le preguntó en voz baja a Belisario:

—Ya me tiene nerviosa por mirarme tanto. ¿Le recuerdo a alguien?

—Es que usted se parece a una mujer de este pueblo que conocí hace mucho tiempo.

—No hay problema. ¿Qué más desea usted?

—Lo único que hay: otro guarapo grande.

Por suerte aún existía esa bebida en Cuba. Algo es algo. ¿Y cómo no recordar los primeros besos de amor? Porque la muchacha se parecía a Clementina, que también vendía guarapo en un merendero de madera y techo de guano allí cerca y ya inexistente. Ella era flaca, como las cañas que molía, de pelo corto, pálida siempre y qué rico besaba.

Belisario llegaba por detrás del timbiriche con la carretilla de cañas peladas, ella venía, cerraba la puerta, le apresaba los brazos para que no pudiera moverlos, lo besaba largamente, le chupaba los labios, la lengua, la frente, las orejas. Cuando lo soltaba, él tenía que irse dando brinquitos a meterse en el excusado a pajearse.

Desde entonces el olor a guarapo lo erotizaba porque Clementina sólo olía a guarapo: su aliento, pelo, blusa. Un día lo dejó chuparle las tetas; también olían a lo mismo. Tras ese momento felizmente ya se había cerrado la blusa cuando su padre empujó la puerta para ver por qué tardaba ella en salir cuando esperaban clientes frente al mostrador. No dijo nada, pero algo sospechó su padre porque cogió una caña en la mano en actitud agresiva mientras los miraba interrogante. Desde ese día fue el viejo quien recibía la caña, y Clementina, como una esclava a sus 15 años, molía la caña y despachaba el guarapo tarde y noche, de lunes a domingo.

Belisario salía con la carretilla vacía, daba la vuelta y pasaba frente a la guarapera para que ella le tirara un beso con los dedos y se quedara mirándolo con sus ojos tristes. Nunca más la pudo tocar.

Un día se acabó el negocio porque el gobierno intervino todos los timbiriches, lo único que le faltaba para seguir desorganizando la economía del país. Ese mes, él logró escapar del comunismo en una balsa en busca de libertad y aunque preguntó por cartas, no supo más de ella.

Pasaron muchos años sin volver a Cuba. Belisario, ahora ciudadano norteamericano y visitante de paso, por la autopista nacional se desvió; entró con el auto de turismo a su pueblo natal y lo dejó parqueado para caminar un poco o curiosear, porque allí ya no le quedaban parientes. Sus pasos lo llevaron al lugar donde estuvo el timbiriche. A una cuadra encontró el merendero con bancos donde se sentó.

—¿Por qué me sigue mirando? ¿Desea otro guarapo?

119

—No, gracias. No se disguste si un extraño la mira. Ya me voy. Todos estamos llenos de recuerdos, los ojos son curiosos y no se ponen viejos. Por cierto, ¿cómo se llama usted?

—Clementina, como mi madre, que murió por la anemia y la falta de alimentos.

VIVE Y NO DESPIERTES

El insomnio lo estaba matando, el siquiatra le recetó otra pastilla más fuerte al acostarse y desde que tomó la primera empezó a soñar con aquella mujer que se le paraba delante en un lugar que parecía una iglesia, vestida con un traje blanco de novia y apretando un ramo de flores en las manos. Sonreía enigmática, mirándolo amorosa, y se esfumaba en un segundo. Él despertaba con dolor de cabeza y cerraba los ojos con la esperanza de que, si volviera a dormirse, ella reapareciera.

Le sucedió varias noches, y como disfrutaba de un certificado médico por sus problemas nerviosos, se levantaba tarde a caminar por la ciudad, buscándola, pues estaba seguro de haberla visto antes en alguna parte. Ella era alta, de pelo negro y tenía un rostro sugestivo que le recordaba a su novia, muerta años atrás, días antes de la boda. Él la rastreaba en los parques, portales, tiendas, hasta regresar agotado a meditar en una butaca.

En su infancia campesina soñó con ser poeta, pues se creía con facultades para ello, aunque se sabía incapaz de materializar esa vocación por su timidez enfermiza. Entonces el recuerdo de ese anhelo lo inspiró a unir palabras y se sentó a

121

escribirlas: "Esa mujer extraña, atractiva/ ansiosa me acosa/ invade mi soledad/ quizás desea ser mi esposa".

No continuó escribiendo, le pareció ridículo. Rompió el papel sin terminar el poema y como aún estaba vestido porque hacía mucho frío, salió de nuevo cuando empezaba una lluvia ligera. Por ello entró a un restaurante cercano para guarecerse.

El lugar estaba casi vacío por el mal tiempo, le pareció haber estado allí en idénticas circunstancias, sin recordar cuándo. O tal vez se trataba de una ilusión porque a veces no diferenciaba el recuerdo de los sueños o realidades. Fue entonces que observó a la mujer vestida de blanco, que entraba como azorada, cerraba la sombrilla, paseaba la vista por el salón y al descubrirlo se le acercaba sonriente, hasta sentarse a su lado. Era ella.

—Me gustó mucho el poema, aunque no quieras terminarlo. Aquí no puedo decirte más nada, mejor vámonos a continuar este sueño tan lindo.

Cubanos Naturales

LA ENCARGADA DEL CENSO

—Buenos días. Me llamo Aseneth, soy la encargada del censo de población en esta calle.

—Encantado de conocerla. Pase y siéntese. Yo soy Fructuoso.

Con discreción la observa: de pie, confusa, mira la sala vacía. Bellas piernas, mulata clara con pelo lacio, atractiva sin ser bonita, tal vez 20 años. Sexi.

—¿Dónde quiere que me siente?

—Disculpe, es que acabo de mudarme. Heredé esta casa de mi abuela, ahora voy a comprar muebles.

—¿Tampoco tiene ni una mesa para llenar las planillas?

—No, tengo una banqueta y coloco dos almohadas en el suelo para sentarnos.

—¿Como los japoneses? Bueno, vale.

De prisa trae todo. Luego disfruta de la gracia con que ella se sienta, cruza las piernas y pone sobre los muslos una carpeta para bloquear su mirada.

—Bueno, ya se acomodó. Le pido disculpas de nuevo. Esta semana compro muebles, lo otro a conseguir es una mujer para completar la casa. ¿Usted es casada o está comprometida?

Domingo O. Castillo Álvarez

—No, pero no soy un mueble para la venta.

—No me expliqué bien. Una mujer no es un mueble, y sabe una cosa, usted es como me imagino a mi futura esposa: bonita, tímida, buena cocinera. ¿Me aceptaría?

—Siento defraudarlo porque ni soy bonita, ni tímida, ni sé cocinar. Tampoco busco marido.

—No son dificultades insalvables, yo tampoco soy bonito o tímido y sí busco esposa.

—Ya me di cuenta.

—Pero sé cocinar. Tengo cocina de gas con horno junto a equipos eléctricos de todo tipo.

—¿También refrigerador?

—Grande, de dos puertas; puede pasar a la cocina a verlo. Antes de recibir la casa fui comprando todo y guardándolo. ¿Va a pensar en mi propuesta?

—Sí, podría tenerla en cuenta, aunque necesitaría más datos. Por ejemplo, si padece de alguna enfermedad. Yo estoy sana como una manzana.

—Yo como un mango bizcochuelo.

—¿Paga manutención a algún hijo regado o en el futuro piensa agregar algún familiar a la casa?

—Nadie depende de mí.

—¿En dónde trabaja?

—De ingeniero industrial en una empresa española que fomenta inversiones para el turismo en Cuba. Me pagan bien, en euros. Además, tengo ciudadanía española y visa permanente para mi cónyuge si debo viajar a España por cuestiones de trabajo.

—Y suponiendo que yo fuera su esposa y viajáramos a España, ¿podríamos quedarnos a vivir allá?

—Por supuesto, sería posible. Es algo en lo que he meditado y la empresa para la que trabajo seguramente me daría trabajo en sus oficinas.

—Todo claro, ahora vamos a llenar las planillas. Ya de paso me incluyo en ellas si su oferta es en serio y no me está tomando el pelo. Tendremos que dedicar un tiempo para conocernos, preparar los documentos y casarnos legalmente.

EL DÍA DEL MONO

Pepe caminaba ensimismado, como si oyera una música encantada y desde el cielo lo guiara el rostro de su novia, Dania, guiñándole un ojo como cuando días atrás se reconocieron en una cola para comprar huevos, por ser antiguos alumnos del instituto preuniversitario.

A la media hora se habían comprometido y ese día ella invitó a Pepe a almorzar para que conociera a sus padres. Y hacia allá iba lleno de ilusiones porque ella constituía su nuevo sueño de amor.

Dania vivía lejos y al caminar tanto ocurren cosas desagradables, como que tal vez, por lo que comen o por su raza, haya perros cuya mierda apesta más que la de otros, dejándola en las aceras de las estrechas calles de la ciudad para que los que caminan embobecidos hacia un destino feliz, sin fijarse por dónde van, las aplasten. Así le sucedió a Pepe.

De nada le valió raspar la suela en una cuneta o restregarla en el fango. En el merendero donde paró a tomarse una taza de caña santa, o frente al cajero automático del banco, oía la misma frase: "¡Qué peste!". Y al cruzar una calle vio al limpiabotas, encorvado, medio dormido en espera de un cliente. Hasta allí fue. Sin saludar se sentó en la butaca.

El hombre, un viejo flaco sin dientes, lo miró con sus ojos colorados por varios segundos, como si no entendiera por qué se había sentado en su negocio sin siquiera saludar.

—Buenos días, ¿no? Tú traes mierda en los zapatos. Yo limpio fango o churre, no mierda.

—¿Usted no es limpiabotas?

—De la parte de arriba de los zapatos. Cinco pesos. Cinco más por quitar la mierda. Si te conviene, o si no, bájate. Limpiar mierda es igual que limpiarle el culo al que cagó, sea un animal o un fulano.

—No hay tema. Coja los 10 pesos.

—Gracias. Aquí ya hay mucho Sol.

Súbitamente el hombre empujó el andamio de ruedas en las patas, con Pepe sentado, hasta chocar con un árbol, ocasionándole un golpe en la cabeza.

—Casi me mata.

Sin responder, el limpiabotas le quitó los zapatos, alejándose.

—¿Adónde va?

—A quitar la mierda con detergente.

Regresó a los 15 minutos mientras Pepe miraba al reloj. Se estaba atrasando para la cita.

—Esa mierda era de un pastor alemán, que comen carne todos los días, porque son de dirigentes, mientras nosotros comemos chícharos. Tremenda peste. Me costó trabajo quitársela. Dame cinco pesos más porque gasté mucho detergente, que hay que comprarlo con dólares. Debo aclarar algo:

127

te estoy haciendo un favor; que conste. La mierda de perros trasmite enfermedades. Tal vez después tenga fiebre.

—De acuerdo, tome los cinco pesos, pero acabe de limpiarme los zapatos. Estoy apurado.

—¿Qué apuro es el tuyo? Igual te vas a morir. Yo no sé apurarme.

El limpiabotas sacó un pomo de alcohol con olor a mentol, se dio un trago, hizo una mueca, luego le ofreció el pomo.

—Date un trago.

—Gracias. Yo no tomo eso.

—¿Qué tomas tú que eres tan fino?

—Cerveza, ¡pero acabe ya!

—Tendrás dólares para comprarla porque seguro que tú no tomas la de granel, que es para los pobres como yo. Y la cerveza sube la presión arterial.

Con el mismo alcohol con mentol, empapó una brocha, pasándola lentamente por los zapatos.

—¿Usted no usa betún?

—El betún va después. ¿Quién es el limpiabotas, tú o yo?

—Disculpe.

Después de secarse el alcohol, el limpiabotas pasó betún a los zapatos con un cepillo de dientes, se tomó otro trago, les atomizó tinta, también con olor a mentol, esperó a que se secara, los cepilló y luego continuó lustrándolos con un paño de lana hasta dejarlos como espejos.

—Complacido el caballero, y observa, pariente, que el betún que usé es de la tienda de divisas y que no te manché las medias ni los bajos del pantalón. Yo domino mi oficio.

Pepe salió corriendo, ahora con olor a mentol. Subió a un carretón de pasajeros que paró una cuadra después para que montara una gorda con un *cake* enorme y desde que la vio supo que, aunque iban pocos pasajeros, la mujer se sentaría a su lado, lo embarraría y él no podría evitarlo. Así fue.

—Señora, me pisoteó los zapatos acabados de limpiar y me llenó de merengue y almíbar la ropa.

—Esto no es un taxi, compañero, es un carretón para los infelices. No se sulfure, que los infartos están en el orden del día por las tormentas solares o el hambre de comida sana. Lo que llevo es una carga difícil con el dolor de columna que tengo; vivo de esto y me costó 30 pesos, pero le saco 40 nada más. Tú seguro que cogiste gripe porque tienes olor a mentol.

—¿Por qué no me lo vende a mí por los 40 pesos? Así sale de eso.

Fue una idea que se le ocurrió para no llegar a la cita con las manos vacías, idea que desechó tan pronto la dijo, aunque sin tiempo de rectificar porque sin pestañear la mujer le puso el *cake* sobre las piernas y acabó de llenarle la ropa de almíbar y merengue.

—¡Trato hecho! —le dijo la mujer alegremente, cogió los 40 pesos y se tiró del carretón antes de que parara con una agilidad increíble para su gordura.

Cinco cuadras después, Pepe se bajó y leyó la dirección en el papelito, sin entenderla. Por ello pidió ayuda a una anciana, quien le explicó que en la esquina siguiente doblara a la derecha, dejándolo dudoso.

—¿La derecha que usted dice es de la esquina para allá? —preguntó Pepe señalando con la mano en aquel sentido.

—Sí, en este país de mierda no han cambiado también eso. Para allá es la derecha. ¿Usted es zurdo?

—No, sólo soy algo bruto.

—Se nota, pero no se atortoje por eso. Mi marido, aunque era brutísimo, llegó a dirigente provincial del partido, con carro y chofer, porque era muy sinvergüenza, ¿sabe? Y me dejó por su secretaria, que luego le pegó los tarros.

—Sí, le creo. Eso es frecuente.

Pepe al fin encontró la casa. Su novia Dania, llorosa, le abrió la puerta.

—Te dije a la una. ¿Tú no tienes reloj? Son más de las dos. ¿Para quién es ese *cake* tan grande? Yo no te invité a un cumpleaños, no hay almuerzo ni nada. Se murió mi monito; vete con ese *cake*, pero llévate el cadáver —entró y volvió con una jaba que le colgó del hombro—. Entiérralo bien profundo, donde las auras no puedan comérselo. No se te ocurra tirarlo a la basura. Llámame para saber lo que hiciste.

—¿Ese mono de dónde lo sacaste?

—¡Qué importa eso ahora! Me lo trajeron de La Habana. Me costó 20 dólares. Por un poco de picadillo de soya se murió de diarreas.

—¿A quién se le ocurre darle ese veneno a un mono que sólo come platanitos? No llores por eso.

—Es que era muy lindo, no te hagas el inteligente. ¿Tú no tienes sentimientos?

Dania cerró la puerta, dejando a Pepe con el *cake* en las manos y la jaba en el hombro. Él se echó a andar sin saber cómo cumplir la orden de su novia. Tres cuadras después vio a un grupo de niños jugando pelota en un solar, donde, al fondo, había una loma de piedras.

—Muchachos, les regalo este *cake* si me tapan con las piedras el animal que llevo muerto.

Puso el *cake* frente a ellos; picado en pedazos con un trozo de cartón que encontraron en el suelo y devorado con ansiedad en pocos minutos —sin dudas tenían hambre—. Mientras tanto, una mujer se acercaba, intrigada por la comelata.

—Tía, este señor nos regaló el *cake* para que enterremos su animal muerto abajo de las piedras —le explicó uno de los niños.

—¿Quién les dijo a ustedes que mi solar es un cementerio? Denme las gracias, que los dejo jugar aquí. Esas piedras son para un arreglo de la casa. Usted, amigo, tírelo lejos, donde no apeste. No en esta cuadra porque lo voy a vigilar.

Pepe caminó las 35 cuadras hasta su casa sin decidirse a botarlo. Tímido e indeciso, le parecía que los viejos sentados en las aceras, o portales, y cogían fresco o conversaban, lo observaban suspicaces sin percatarse de que si lo miraban era por el embarre de su cara, ropa, zapatos o porque él también los miraba a ellos según les pasaba por el lado.

Llegó al fin. Su madre lo recibió con una descarga habitual de su carácter dominante.

—¿Qué es esa suciedad que traes arriba? Tan limpio que saliste con tu mejor ropa. No tienes consideración conmigo, que me reviento atendiéndote en todo, enamorándote de cualquier loquita que te encuentres cuando ya deberías estar casado. ¿Qué traes en esa jaba?

—¿En la jaba? Carne.

—Por lo menos sirves para algo. Ponla así mismo en el congelador, que está vacío, como siempre. Después yo la pico, pero déjame ver si está fresca.

De un tirón le quitó la jaba del hombro, la abrió bruscamente y sonrió con dulzura:

—¡Vaya pícaro que eres! Creía que habías olvidado mi cumpleaños y me traes este monito de peluche tan lindo. Hasta tiene dientecitos. Lo voy a enseñar en toda la cuadra para que les dé envidia a las vecinas.

LAS TRES GRACIAS

Recién graduado de la universidad cumpliría los años de servicio social para luego solicitar el permiso y empezar los trámites de emigración —ya el gobierno cubano la autorizaba si el solicitante reunía ciertas condiciones, tenía suerte y si no inventaban nuevas restricciones o trabas— para reunirse con su hermano mayor, ciudadano de los Estados Unidos.

Tras un mes de trabajo no se sentía mal en aquella oficina con aire acondicionado —todo un privilegio en Cuba—, donde sus colegas más cercanos eran tres mujeres, junto a un viejo amanerado, chismoso, que contaba los días que le faltaban para jubilarse.

Con él, sin preguntar, se fue enterando de la vida de las tres mujeres. Una era de su edad, Dalia —preciosa, conocida como el Bombón en toda la empresa—, que cada mañana lo besaba sonriente, provocándole un calentón al sentir su perfume y el roce de sus labios o de su pelo largo.

Las otras dos, que le llevaban varios años, eran atractivas. Una era casada, Margarita, y soñaba con lograr un hijo. La otra, Gardenia, era discretamente lesbiana; datos recibidos del viejo, que un día, con más confianza, se interesó por su vida.

133

—Sin querer te he visto orinando en el baño. Estás bien dotado por la naturaleza, eres alto, bien parecido, saludable. Con esos dones, si te lo propones, tienes las mujeres que quieras.

—Mi meta futura es otra, no quiero enredos. Usted es buen observador según veo.

—Porque soy viejo. Y tengo la impresión de que no tienes novia. ¿Nunca has tenido mujer?

—Sí, por supuesto.

Claro que no le comentaría cuánto le gustaba el bombón o, a la vez, cuánto deseaba a las otras dos: extrovertidas, alegres, seguramente expertas en el amor, mientras que él era inseguro y tímido. Tampoco le contaría del disgusto que provocó en la familia un año antes cuando un domingo fue a visitar a una tía para felicitarla por su cumpleaños.

Ella había ido al cementerio, por lo que se sentó a leer unas revistas para esperarla. De pronto, Rita, su prima, se le plantó delante, desvistiéndose poco a poco, provocándolo. Y como él no era de piedra, hicieron el amor dos veces. En la cama Rita lo calmaba: "No te preocupes por mami. Cuando va a visitar la tumba de mi papá no tiene para cuándo irse. Hasta habla con él y le canta boleros en voz baja, sentada en el borde de un panteón. En ocasiones han estado a punto de cerrar el cementerio, dejándola trancada, lo cual no le preocuparía".

Pero su tía regresó antes de tiempo por alguna causa, encontrándolos desnudos sobre su cama. Dos primos, un escándalo. Rita le echó la culpa, dijo que la había seducido (él, señorito hasta ese día), se echó a llorar y abrazó a su madre, que dio la razón a su hija, botándolo de la casa a gritos que alarmaron a toda la cuadra.

Tremendo sufrimiento provocó a su mamá y a toda la familia. Precisamente si ansiaba tanto salir de Cuba era también para huir lejos de aquel cisma familiar que se desencadenó por dejarse engatusar por su prima, con quien el enamoramiento fue grande, pues continuaron reuniéndose donde podían: con un trapo sobre la hierba, a veces sin trapo, con hojas de periódico, hasta que ella le dio un corte porque se empató con un pretendiente con carro y dinero para llevarla a lugares más acogedores, pagados con divisas. Aunque él no podía olvidarla y eso no tenía por qué saberlo su chismoso compañero de oficina a punto de jubilarse.

Sí asistiría a aquella fiesta de despedida del viejo que preparaban en secreto las tres mujeres, la cual celebrarían en casa de Gardenia. Comería el arroz con pollo para el que hicieron la colecta, el *cake* que compraría Margarita, bebería alguna cerveza y cuando empezara el ron puro, el alboroto, se retiraría con algún pretexto si no lograba empatarse con el bombón.

Llegó temprano. Se sorprendió de que el viejo llamó excusándose por no poder venir o de que en la fiesta sólo participarían él y las tres mujeres. También le llamó la atención que Gardenia cerrara todo el frente de la casa, y no le dio importancia porque ella alegó que era para evitar intrusos, que siempre aparecen sin ser invitados. Además, ya Dalia le había servido tres copas de coctel, apenas sin soltarlo, y bailaban bien pegados la música suave que Margarita ponía en la grabadora.

Ya sólo sentía el deseo de saborear al Bombón y cuando apagaron las luces, ella lo llevó hacia una cama, donde se amaron sobre la sábana perfumada, tomando ron de la botella en la mesa de noche.

Dalia se durmió borracha a su izquierda, y en la oscuridad él sintió otro calor a la derecha, otro aroma de hembra desnuda. No opuso resistencia al abrazo, los besos, ni la opuso tampoco una hora después, cuando se acostó a su lado otro cuerpo de mujer, con caricias más lentas, menos ansiosas, de amante que sabe lo que quiere.

Luego sintió la cama dar vueltas. Era mucho para una noche y se durmió hasta bien entrada la mañana, cuando Gardenia lo despertó con un café caliente, acostándose a su lado a esperar que terminara de tomárselo antes de quitarse el ropón que traía puesto.

Meses después, en un encuentro en la calle, el viejo lo interrogó, aclarándole que lo hacía porque lo apreciaba y estaba preocupado:

—Dime una cosa, si no es un secreto, aunque es un chisme a voces. ¿Con cuál de las tres te estás acostando?

—Le confieso que, con las tres, es algo que no puedo evitar. Ellas coordinan todo para que me sienta cómodo. Yo no tengo que ocuparme de nada.

—Es lo que he oído. Te has convertido en un chulo. Te han usado para sus propósitos.

—No lo entiendo.

—Yo me entero de todo, tú sabes lo chismoso que soy, el que da información la recibe. En esa empresa los hay peores que yo. Las tres están embarazadas, sé que no te lo dicen; te pusiste pálido, no te asustes. Margarita ya dejó al marido que

136

sabe infértil por las pruebas médicas o porque también es lesbiana. Se mudó con Gardenia, que es hija única y quiere parir antes de ponerse más vieja para darle esa alegría a su madre. Y gozas de suerte porque no te van a reclamar la paternidad.

—¿Y el bombón?

—Esa sí está enamorada de ti. Con la ayuda de una prima tuya que se llama Rita ya contactó con tu madre que está preparando la boda en secreto, feliz porque va a tener su primer nieto y así frenar tu sicosis de irte del país. Felicidades, y acaba de madurar.

LA NOCHE DE LOS BONIATOS

Compartían la única cama de la casa, su tío roncaba como un león; entonces trató de virarlo para que parara y lo dejara dormir, pero el tío lo apretó amorosamente en su sueño.

—¡Mi china!

—¡Yo no soy tu china, soy tu sobrino, Apuleyo! ¡No me dejas dormir, coño!

Porque su tío Atanasio llegó el día anterior desde su pueblo para un turno de cardiología con dos pollos vivos para el doctor, junto a un saco de boniatos.

—¿Para qué tanto boniato? No te atreverás a llevarle eso al médico.

—¡Son para comer nosotros, guanajo!

—Es mucho boniato.

—Lo que abunda no hace daño. Es una vianda muy alimenticia.

Antes de acompañarlo al hospital lo obligó a echarse bicarbonato en los sobacos y lo llevó a una barbería, donde por suerte había poca cola. Y allí, como algunos clientes hablaban de boniatos, su tío se apropió de la conversación, proclamándose recordista de ese cultivo e impartió una conferencia magistral sobre la vianda, jactándose de los miles de pesos que le ganó a la última cosecha, pues ese es el alimento de los pobres, que cada día los hay más en Cuba.

«Así que logró un dineral y lo único que trajo para comer tres días en mi casa fueron boniatos; a sabiendas de que yo lo único que tengo es la cuota del mes, que no alcanza ni para una semana; tacaño como es», meditaba Apuleyo.

Siguió oyéndolo mientras repasaba su propia, aburrida, vida: "Porque lo que es, yo no sé de boniatos ni de nada, salvo el trabajito en la oficina, que si lo tengo es por el burocratismo vigente en el país, porque en la concreta no resuelvo ningún problema. Gano una miseria, no puedo invitar a una mujer ni a tomarnos un helado".

Al fin fueron al médico con los dos pollos vivos —su tío se negó a llevarlos pelados o congelados porque decía que así no alimentaban—, creándole otro problema a un doctor tan ocupado, que al fin pudo mandarlos para su casa. El tío regresó a su pueblo tras el galeno hallarlo bien; y Apuleyo recuperó la tranquilidad, aburrido de comer boniatos.

Una tarde que regresó de su trabajo, Apuleyo observó en un rincón el medio saco de la dulce vianda que quedaba. Eran demasiados para él solo; se pondrían duros. Prefería comer chícharos, que le combatían el estreñimiento. Y en un barrio de gentes solventes nadie quiso los boniatos. Decidió deshacerse de ellos y, acomplejado como era, no quería que lo vieran botar comida, por lo que a las 10 de la noche salió con el saco al hombro. Miraba a todas partes y caminaba por las aceras más oscuras hacia el río a tres cuadras. En una esquina lo interceptó un anciano, botella en mano.

—Un traguito, no me lo desprecies.

—Yo no tomo.

—Mejor así, más para mí. ¿Y ese saco? ¿Robaste una bodega o una casa?

—Se equivoca, yo no soy ladrón.

En ese momento dobló la esquina un carro patrullero, se detuvo frente a ellos y bajó un policía joven.

—¿Un traguito, oficial? —le preguntó el viejo.

El policía no le hizo caso.

—¿Qué llevan en ese saco?

—¡Qué responda él, que es el dueño! —habló de nuevo el anciano, echándose a un lado.

—Son boniatos —le explicó Apuleyo, que abrió el saco frente a las luces del carro.

—¿Adónde los lleva? En el río no puede botarlos.

—Se los llevo a mi abuelita para un cerdo.

—¿A una abuelita a esta hora? —preguntó el policía.

—¿Quieres matarla? La carne de cerdo hace más daño que el aguardiente que traigo aquí —opinó el viejo, recostado en el muro para no caerse por la borrachera.

—Yo no tengo la culpa de que ella quiera comer cerdo —contestó Apuleyo, que, asustado, ya se veía preso.

140

—Tengo una idea —habló otra vez el borracho—. Podríamos ir los tres a comer chicharrones cuando maten el cochino. Yo pongo el aguardiente.

—Mejor hacemos un trato —dijo el policía— porque sé que ibas a tirarlos al río. Regálamelos para un puerquito que cría una novia mía.

Así, Apuleyo resolvió el problema. Durmió tranquilo el resto de la noche y a las ocho de la mañana lo despertaron los golpes en la puerta. Era el chofer de una camioneta.

—¿Tú eres el sobrino de Atanasio?

—Un servidor.

—Bien, traigo dos quintales de boniatos. Te los manda tu tío; ayúdame a bajarlos porque estoy apurado.

EL DESTINO DE UN PERRO

Los perros ladran a otros perros, a los gatos, a los extraños e incluso a los pájaros. Y Almidón, blanco, gordo, la mascota de su vecina Yolanda, les ladraba hasta a las cucarachas, de día o de noche. Y además de no dejarlo dormir, oír la radio o ver la televisión, se metía en su patio cavando por debajo de la cerca para matarle los pollos.

Era una desgracia para Aurelio, que se quejaba, pero la vieja Yolanda, sorda, ni lo oía ni le hacía caso, aunque también había otro motivo para odiar al animal. Un día en que le mató una gallina, para castigarlo por su fechoría, le dio dos patadas y su esposa se enfureció, castigándolo a lamerle el culo durante dos minutos al pobre perro o estaría una semana sin cocinarle nada. Ella iría en ese lapso a comer a casa de su madre.

Dada la amenaza, Aurelio cumplió el castigo y luego tuvo que gastar el único tubo de pasta para los dientes de la cuota de racionamiento del mes lavándose la boca. Por todo ello decidió vengarse, alejar a aquel animal de su vida.

Le sería fácil envenenarlo, pero se haría sospechoso o sentiría remordimientos. De todas formas, cuando le preguntó

142

a Gandolfo, el yerbero del pueblo, por un veneno adecuado, éste —viejo desconfiado, cascarrabias— no quiso entenderlo.

—Tú lo que quieres es envenenar a tu esposa para estar con tu querida, te conozco. No me vas a hacer cómplice de eso. Si a tu mujer le pasa algo que pareciera dudoso, voy a la policía a decirlo.

Porque era cierto. Tenía una querida disidente que un día en medio del parque del pueblo gritó consignas contra la revolución y ahora estaba a punto de cumplir la condena de dos años por desacato. Para cuando saliera, él tenía escondida una botella de vino español y se la tomarían juntos.

Tampoco podría secuestrarlo o botarlo lejos por su haraganería y problemas de salud que le impedían esfuerzos serios o alejarse de la casa. Entonces se acordó de su conocido Cheo Mandarria, borracho, marañero y útil para ese tipo de trabajos. Con un pretexto mandó a un amigo a buscarlo.

—Cheo, tengo una tarea fácil para ti. 20 pesos.

—¿A quién hay que sonar?

—A nadie. Sólo botar a un perro.

—Eso valdría 30. Los perros muerden.

—Éste sólo muerde a las gallinas. De acuerdo, 30 pesos.

—¿Qué hago con él? ¿Lo mato?

—No, coño. ¿Por qué matar a un ser tan bueno? Yo te doy un maletín amplio, porque el perro es grande, para meterlo dentro y botarlo lejos, en el campo.

—¿Y el maletín?

—Es nuevo, pero bótalo también.

—Tienes que darme dinero para comprar un número a un colero para la guagua y para los boletines de ida y vuelta. ¿Cómo lo meto en el maletín?

—Yo le pongo pescado con un medicamento que lo duerma, luego le amarro las patas y el hocico. Esta tarde puede ser; mi mujer va a una visita. Y de esto nadie puede enterarse.

—De acuerdo. Yo soy bueno para secretos. Dame el dinero.

—Cuando tengas el perro en el maletín.

Todo salió de acuerdo con lo planeado y esa noche Aurelio tampoco pudo dormir por los gritos de la pobre vieja Yolanda, que llamaba en vano a Almidón. Por la mañana la encontró llorando en el portal, por lo que decidió salir a caminar hasta la esquina a tomarse un trago para atenuar su complejo de culpa.

Por el camino varios perros le ladraron al pasar, como pidiéndole cuentas por su mala acción, aunque descartó la idea: "¿Cómo irían a saber eso? No pueden olerme la mente. Me tomaré dos tragos en lugar de uno. Si me sube más la presión, pues mala suerte y me tomo una pastilla".

En el bar estaba Cheo Mandarria.

—¿Dónde dejaste al perro?

—Por la carretera, lejos de aquí. Lo dejé caer en la cama de un camión. A lo mejor el camionero lo adopta.

Cheo era un mentiroso, pero servía para esas misiones, hasta le gustaba hacerlas si le pagaban. Le creyó. Y más

144

tranquilo esa noche, después de ver las aventuras, Aurelio se sentó a la mesa para comer.

—¿Qué cocinaste que huele tan rico? —le preguntó a su esposa.

—Te vas a chupar los dedos con el carnero que cociné en salsa, difícil de conseguir como está. Primera vez que veo a Cheo Mandarria vender carnero. La gente se lo arrebató, hasta la vieja Yolanda alcanzó dos libras. Estaba un poco dura, por eso le di más presión. La cociné con la botella de vino que tenías escondida en el escaparate, no sé para qué. Y qué curioso, Cheo estaba vendiendo también un maletín igual al que te dejó tu hermano cuando vino de Miami.

CERCA DE LA GLORIA

—¿Tú has hecho el amor con alguien?

—Claro, desde los 15 años, con mi primer novio en la escuela del campo. Poníamos un hule en la hierba para gozar de lo lindo.

—¿Por qué no me enseñas?

Con los dos primeros tragos de ron de su vida, Andrés había vencido la timidez. Se acercó al balcón por el fogaje que sentía porque tampoco sabía bailar y para aprovechar que su amiga Sonia, de la universidad, estaba allí cogiendo fresco.

—¿Tú a los 20 años aún eres señorito? —le preguntó ella con incredulidad.

—Nunca he tenido una oportunidad.

—O no has sabido buscarla o eres muy exigente. Pero te ayudaré porque me caes bien. Vamos a mi casa, hoy estoy sola. Yo salgo primero, tú cinco minutos después.

Al poco rato, Andrés se preparaba para el acto más anhelado de su vida, sentado en la cama, quitándose la ropa, mirándola peinar sus largos cabellos con toda la calma del mundo.

—Ya estoy desnudo, te estoy esperando.

—Quédate sentado y no te desesperes. Ponte el condón que te di y cierra las piernas, yo soy quien tiene que abrirlas.

—¿No sería mejor sin condón?

—¿Tú piensas preñarme acaso?

Ella siguió peinándose sin apuro frente al espejito que sostenía con una mano. Andrés temió que se hubiera arrepentido, que le estuviera tomando el pelo y que muy seria le dijera: "Mejor vístete porque cambié de idea". Su corazón le dio un vuelco; pensó que reventaría el condón, ya instalado, cuando la vio quitarse la saya, luego el blume; extasiado al observar el encuentro de sus muslos y nalgas. Finalmente, ella se le puso de frente, quitándose la blusa, mostrándole sus senos perfectos, totalmente desnuda.

Hasta ese instante, Andrés trató de controlarse para no disparar su arma antes de tiempo, como le había pasado con la única mujer conque había estado en la intimidad, una vecina que le dijo, burlona, vistiéndose para irse: "Tú no me sirves ni para empezar".

Sonia se le acercó, con sus ojos brillantes, indecisa en decidir si pedirle acostarse boca arriba, si se le sentaba en los muslos o si lo dejaba montarse sobre ella. En ese momento lo vio ponerse rígido por varios segundos, apoyado con los dos brazos en la cama para luego sentarse mirándola, avergonzado.

—Perdóname, Sonia. No resistí verte desnuda, no te rías de mí.

—¿Por qué voy a reírme? Es mejor así; me da tiempo para tranquilizarme. Yo oigo los cuentos de mis amigas, pero también soy primeriza. Vamos a acostarnos y besarnos mucho. Estoy enamorada de ti.

NO ERA PARA TANTO

Era el cumpleaños del jefe y, tan hermético como era, los pocos en felicitarlo lo hicieron brevemente, casi con miedo, a los cuales apenas les dio las gracias, casi sin levantar la vista de los papeles que tenía delante.

A Susi le caía mal. Lo esquivaba por las miradas de deseo que le sorprendió varias veces cuando la creía entretenida. Pero, atrevida como era, apostó 20 pesos a otras dos oficinistas que aparte de felicitarlo lo besaría en los labios, acción que comprobarían si observaban furtivamente por las rendijas de las persianas.

Susi pidió permiso para entrar, arrimó una silla y se sentó pegada a él, que la miraba estupefacto y tragó en seco para preguntarle:

—¿Qué deseas?

—Verlo trabajar. Usted huele bien.

—Tú hueles mejor.

—Pero he sudado mucho, no tengo aire acondicionado como en su oficina.

—Pero tu olor es natural, me seduce como un caramelo.

—¿Yo sería ese caramelo?

—Sí, claro.

—Entonces felicidades en su cumpleaños. ¿Cuántos cumple?

—Sólo 50.

—Pues se ve muy lindo.

Lo besó en los labios, puso la silla en su lugar y se retiró, dejándolo tan alelado que no atinaba a nada. Desde ese momento, el jefe la miraba insistentemente, sin discreción; llamaba la atención de todos, sin atreverse a dirigirle la palabra ni para un asunto de trabajo. Si se le acercaba, ella lo evitaba. Sólo días después, cuando se decidió a decirle un piropo en voz baja, ella le respondió despectivamente.

—Hoy no es tu cumpleaños, deja que llegue de nuevo. Entonces te prometo que empezará todo lo nuestro.

La divertía verlo tan ridículamente embullado que continuaría embromándolo.

Un primo a quién él pidió consejo le preguntó:

—¿Con tu mujer no haces nada? ¿No te gusta?

—Sí, como no. Ella me adora; cuando quiere lo disfrutamos, pero con mi mente inspirada en Susi.

El jefe pasó el resto del año con insomnio, crisis de hipertensión, cada día más nervioso. Se acercaba la fecha deseada, perdidamente enamorado, hasta llegar el día soñado, con el

149

corazón brincándole en el pecho, esperándola ansioso, hasta verla abrir la puerta, acercarse sonriente, lentamente, mirándolo a los ojos, sentarse a su lado y musitarle en el oído: "¡Felicidades!". Y depositar sus labios en los suyos con delicadeza por todo un minuto, lo que fue suficiente. A los gritos de Susi todos entraron corriendo. Lo levantaron del suelo, pero era tarde.

TRIÁNGULOS AMOROSOS

Se acomodó al lado de aquella dama tan interesante, aunque algo pasada de peso, a la que estuvo devorando con los ojos en la cola para entrar al edificio. Y hablador como era, por puro entretenimiento —más que cualquier otro interés en la espera de su turno en aquella oficina pública—, poco a poco logró entablar una conversación muy franca con la mujer sobre el amor o sus peripecias.

Le decía ella:

—¿Cómo explicarse que una tenga un marido que después del primer año no quiera hacer nada en la cama por mucha fiesta que se le pinte, y que en una sola semana lo sorprenda dos veces pegándome los tarros con una yegua en el potrero de mi vecino?

—Es que para que el mundo sea mundo tiene que haber de todo; para gustos se han hecho colores. También hay perros bonitos, bien formados en su anatomía viril, que a veces se convierten en el mejor amante de una mujer o hasta de un hombre.

—Yo nunca le pegaría los tarros a mi marido con un animal, ni loca que estuviera. Si todavía fuera un mono bonito, y tampoco.

Domingo O. Castillo Álvarez

—¿Para qué una mujer tan hermosa como usted se va a encariñar tanto con un animal si seguramente es pretendida por muchos hombres, entre los que puede escoger? Yo, por ejemplo, y perdone la franqueza, lo digo con todo respeto.

—Su recomendación viene de muy cerca, gracias por sus elogios. Yo dejé a mi marido la segunda vez que lo vi con la yegua y me junté con otro hombre que me enamoró. Por cierto, el dueño de esa dichosa bestia.

—¿Entonces qué la aflige? ¿Tampoco es feliz con él?

—El problema es que ayer lo encontré también fornicando con la yegua.

LA DAMA ILUSTRADA

El gallego en toda su vida sólo se había acostado con una mujer, y blanca, su esposa, con quién se casó por conveniencia económica y para tener hijos, lo que no pudo ser. Pero viudo, ya libre de prejuicios o del luto, se dedicaría a satisfacer su gusto por las mulatas.

Felizmente empezó con suerte porque la mulatica que le vendía café en granos todos los meses o leyó el deseo en sus ojos, o era una pícara, pues con toda tranquilidad le ofreció sus servicios sin él pedírselos:

—Sé hace tiempo lo que tú más necesitas. Sí quieres soy tuya una vez por semana, o dos. Cada visita al precio de dos libras de café. Yo no me dedico a eso, no soy una puta, es sólo para ayudarte a ser feliz. De paso me ayudas a mí. La vida está muy cara y necesito hacer un cuarto detrás de la casa porque mi abuela me arma un catre debajo de la mesa del comedor; no hay más espacio y al levantarme medio dormida me doy golpes en la cabeza. Bueno, dime si te sirve el negocio. A la hora que me ordenes, en la oscuridad, vendría sutilita para que no me vean en la cuadra.

El gallego tenía la boca abierta, con ganas de caerle por arriba, de cogerla por un brazo, llevarla para la cama; pero

153

no, en plena tarde se darían cuenta los vecinos, que lo tenían como un hombre de respeto. Mejor por las noches, cuando todos están embobecidos con la telenovela.

Al fin sería suya, después de tanto tiempo deseándola, recibiéndole los buenos días, su sonrisa, su olor. La gozaría por dinero, claro. Por fortuna, a él le sobraban los pesos para comprarla.

Dios nos cría, el diablo nos hace negociantes. Con ansiedad, el gallego esperó su primera visita nocturna, que ocurrió dos días después. Ella, tras entrar, le explicó sus condiciones:

—No puedes morderme ni marcarme porque mi novio lo notaría. Debes ponerte condones. Si no tienes, yo traigo en la cartera. Ahora dime dónde vamos a acostarnos, si me quito la ropa o si tú quieres quitármela, pero poco a poco, sin desespero, porque la ropa está muy cara.

Oyéndola, el gallego miraba su figura delgada, bien proporcionada, sus dientes blancos, perfectos tras los labios pintados de rosa, y su mirada erótica que lo derretía.

—¿Atendiste a lo que dije o estás en las musarañas?

—No, te oí.

—¿Me desnudo entonces?

—Sí, claro.

Él sentía hervirle la sangre; cumpliría sus condiciones para asegurar que siguiera viniendo. Ya ella se quitaba la blusa sentada al otro lado de la cama, luego la saya y finalmente el blume. Tiró todo sobre una silla y cuando se viró, él retrocedió, asustado ante lo que descubrió.

—¿Qué pasa? Te quedaste paralizado, sin acabar de desnudarte.

—¿Qué es eso que tienes pintado?

—¿No lo ves? Satanás en persona. Una obra de arte del tatuaje. Me lo hicieron por una promesa que le debía a San Lázaro.

El gallego seguía mirando, aterrado, aquella figura de colores chillones que cubría el pecho, el vientre y más abajo: un diablo cornudo cuyas garras parecían apretar los senos. Era un rostro de ojos crueles que lo miraban fijamente. Pero lo más impresionante era la boca dibujada sobre el sexo depilado, rodeada por una barba de un rojo brillante que bajaba por los muslos.

—¿Por qué tu diablo me mira así?

—Por celos. Cuando me entre tu cosa es como si la metieras en esa boca. Te la puede morder; es un demonio muy malo —sonreía mirándolo despreciativa—. ¿Entonces qué? ¿Lo hacemos o no? Esto es un contrato serio.

—¡No, mejor vístete! ¡Toma el dinero, vete, no vengas más!

LOS CAMALEONES SIEMPRE VUELVEN

Después de meses de insistencia al fin pudo conquistar a Brenda, que ahora se acicala en el baño. Él en la cama, nervioso, se pone y se quita la camiseta; apaga y enciende la lamparita; saca condones del estuche y los coloca en la mesa de noche, como un *cowboy* que prepara las balas para alguna escaramuza.

Cuando ella se atomiza el perfume entre los muslos, se le cae la tapita, y al agacharse para recogerla descubre al camaleón que la mira impasible. El pomito cae al suelo, se rompe y sus gritos se oyen en las cuatro hectáreas del motel.

Peter no quería ir a ese lugar porque también sentía miedo a camaleones, ranas, iguanas u otros animalitos inofensivos, pues sabía que ese motel, por su ubicación en medio de un bosque, gozaba de la fama de estar poblado por una variada fauna de bichos, capaces de meterse por las rendijas de las cavidades del aire acondicionado o por las ventanitas de los baños. Tampoco podía confesar sus temores al Brenda antojarse del lugar por discreto, lejano, donde nadie conocido la viera.

Ella seguía gritando mientras él, que no sabe enfrentarse a la fiera, coge el palo que fija las persianas y como no se atreve a matarlo, golpea la pared o los muebles sanitarios con la ilusión de asustarlo para que se vaya por la ventanita, pero el animal no cree en miedos e indiferente sube hasta el espejo.

Mientras tanto, otros huéspedes y empleados, debido a los gritos y golpes, creen que Peter está agrediendo a la muchacha e irrumpen en la habitación. Todo se aclara y un camarero sonriente agarra a la criatura, llevándosela entre los dedos al mismo tiempo que el gerente impone que salgan todos los hombres que entraron y miran con ojos codiciosos a aquella hembra tan rica en ropa interior. Luego trae al enfermero del motel, que mide la presión arterial de la pareja y le da una pastilla a cada uno.

—Con esto duermen tranquilos toda la noche, pero cierren la ventanita del baño porque esos bichos siempre vuelven.

Por la mañana en la terraza de la piscina, Peter y Brenda desayunan callados, avergonzados del espectáculo que dieron. Desde la barra, un gordo cincuentón los observa, se acerca y sin pedir permiso se sienta con ellos.

—¿Se le perdió alguien parecido a nosotros? —le pregunta Peter.

—Sí, tú eres igualito a uno que me estafó en Camagüey hace 10 años y también lo asustaban los camaleones.

—En ese tiempo yo era un niño, tampoco he ido a esa provincia.

—Será un hermano tuyo.

—No tengo hermanos.

—A lo mejor tu padre era un chulo y dejó hijos regados por ahí. ¿En qué trabaja tu padre?

—Es camionero.

—¡Lo que imaginaba!

En ese momento Brenda explota:

—¡Párese de mi mesa, usted es un fresco! ¡No joda más!

El gordo se levanta, mirado de cerca por el camarero —que trata de adivinar qué está pasando—, y se justifica alegando que fue una confusión, que lo disculpen. Y al retroceder cae de espaldas en la piscina, patalea en el agua y grita que no sabe nadar, hasta el camarero ordenarle con autoridad:

—Salga por la escalerita, en ese lugar el agua le da por el pecho.

Ya era demasiado para los dos enamorados en tan poco tiempo. Se encierran en la habitación, ella con la sábana hasta el cuello mientras él empieza a acariciarla, la destapa, le quita el short, luego se quita el suyo, se vira para tirarlos a la butaca, caen al suelo y cuando se baja para recogerlos, sus ojos chocan con los de una enorme iguana verde que lo mira fijamente desde el piso bajo la cama.

DESPEDIDA DE DUELO

Se murió un tío de la que era esposa de un amigo suyo. Entonces Federico fue porque le avisaron. En esas situaciones era cumplidor, aunque las funerarias lo atemorizaban. Dar un pésame para él era un suplicio o un peligro, pues en una ocasión se confundió y felicitó a la viuda del muerto, que paró de llorar para mirarlo sin entender sus palabras.

Esa noche, ante el nuevo fallecido, lo embullaron con varios billetes de 20 pesos si despedía el duelo porque, hombre culto como era, seguramente lo realizaría muy bien. Federico tendría que vencer la timidez o el nerviosismo porque necesitaba ese dinero. Dos sobrinos del muerto fueron sinceros:

—No encontramos a más nadie que nos ayude. Tienes que matarnos ese gallo para acabar de salir del pariente que llevaba un mes en su agonía, acabándonos la vida a todos en la familia, tan egoísta como era en vida. Eso sí, debes ponerlo como un santo para quedar bien con la gente presente. No te pedimos perfección, sólo palabras bien dichas para salir del paso.

Se trataba de un tío solterón e insoportable. Por la madrugada, Federico se sentó cerca del féretro, al lado de dos viejas hermanas y de un hermano mellizo del difunto, para conocer los datos mínimos y lograr que en su primera despedida de duelo no quedara mal, sin averiguar nada porque estaban medio dormidos o sin ganas de responder preguntas. No obstante, la información la obtuvo, al amanecer, de un primo que llegó borracho e interrogó al mellizo:

—¿Mi primo se murió de verdad?

—Creo que sí.

—¿Seguro que fue él y no tú?

—Yo no tengo dudas.

—¿Lo enterrarán?

—Casi seguro.

—Coño, no somos nada.

La borrachera cedió luego de Federico pagarle tres tazas de café puro, carísimo, que vendía una vieja a escondidas en un rincón, y el hombre le dio los nombres de los 10 hermanos o medios hermanos del occiso e incluso de tres tías centenarias que llegaron antes del entierro. A pesar de su alcoholismo gozaba de buena memoria.

Tuvo éxito. Tan bien le quedó la perorata de 45 minutos —después que logró empezar no sabía cómo parar— que terminó ronco, en sollozos junto a las dos hermanas y las tres tías viejas —que no entendieron por qué él lloraba también—, pero así surgen los mitos o la fama. A partir de ese día comenzó a ser reclamado para esas tristes faenas.

Algunos ancianos aseguraban haber presenciado la mejor despedida de duelo de la historia de la zona. La autoestima y los ingresos de Federico crecieron con cada cliente de su nuevo oficio; creyente él, ingenuamente, de que quien nace para centavo puede llegar a peseta.

Para su desgracia, Federico se iba habituando a los tragos de ron que estimulaban el arte de su oratoria fúnebre. Al año ya era reclamado en entierros de pueblos cercanos, conocido que para ser contratado, además de dinero, se requerían dos botellas de ron, aunque si se trataba de familias poco solventes aceptaba la tarea por menos dinero, junto a una botella de aguardiente.

Al ganar profesionalidad incorporaba a su verborrea nuevas palabras que a veces no correspondían a la solemnidad del acto, pero solían perdonárselo porque o no lo entendían o por mostrar una sensibilidad creíble y siempre terminar sollozando, lo cual conmovía a los presentes.

Aquel aciago día en que ya por la mañana estaba ebrio —con un brazo enyesado porque en la cola del banco una vieja gorda se desmayó y cayó sobre él al tratar de aguantarla—, llegaron dos guajiros a solicitar sus servicios.

—El problema es que tengo un brazo partido y ya estoy borracho.

—Nosotros también nos tomamos una botella de ron. A usted lo llevamos y traemos en un carro. De aquí a la tarde se nos pasa la curda a todos.

Claro está que Federico seguiría bebiendo; aceptó el trato porque el pago era tentador. El alcohol no lo limitaba, sino que lo ayudaba. A las dos de la tarde esperaba la llegada del auto en mangas de camisa porque el yeso no le permitía ponerse el saco negro que, según pensaba, le daba suerte y personalidad. Por ello decidió sustituir ese apoyo psíquico por varios tragos más, que nunca debió permitirse, de una marca nueva de aguardiente que tomaba por primera vez y de cuyo efecto se percató en el cementerio.

Parado en el borde de la tumba, con la cabeza dándole vueltas, aguantándose de un ángel de granito, improvisó su discurso que comenzó bien y fue degenerando con palabras que sabía inadecuadas y no podía controlar:

—El Sol está triste. Las flores ya no son flores. El aire ya no será igual y este anciano de cuerpo presente tampoco será lo que es. En cuestión de días será tierra podrida y comida de lombrices. Gracias en nombre de los familiares que por fin entierran a ese viejo borracho, ¿o era una vieja? No me acuerdo, incluso pediría un aplauso deportivo, pero no estamos en la pelota. Tampoco hay que alegrarse, todos ustedes, yo mismo nos moriremos otro día, también ese sepulturero feo con peste a grajo. Aclaro que me pidieron que hablara bien del muerto, aunque oí que era un bandolero que le daba golpes a la esposa; contenta debe estar hoy. Pero seamos comprensivos, el tipo trabajó toda su perra vida como una bestia que era. Yo rompería una botella de ron en su tumba para impulsarlo al infierno, y un padre es un padre, aunque te patee a tu madre. Ahora mírenlo ahí acostado como una rata, sin poder defenderse de mis palabras...

Los familiares se miraban abochornados, como preguntándose cuándo pararía aquello por lo que habían pagado 100 pesos por adelantado. Después nadie delató a quien le dio el puñetazo que lo tiró a un hueco, donde se partió el otro brazo. Y en definitiva salió bien del trance porque lo llevaron al hospital y por 200 pesos más lograron que declarara haber caído al hueco al tropezar con el sepulturero.

LA NINFA DEL ALMANAQUE

Vivía solo en su casita y al llegar de su empleo preparaba la cena, añorando la carne que no podía adquirir. Se servía arroz, chícharos con un platanito, ponía el mantel en la mesa y comía observando el almanaque en la pared y su lámina de una muchacha con un corto vestido azul que dejaba ver sus piernas, recostada en una butaca como con desgano. Su pelo era largo, negro, sus labios pintados de rosado y muy seria lo miraba.

Al terminar se cepillaba los dientes frente al almanaque, luego se bañaba y ya vestido, una noche, salió a la calle con una ilusión que podría hacerse realidad en su pobre vida.

Fue una derrota. Sólo encontró el rechazo y el rompimiento en la mujer que lo esperaba. Despechado regresó con una botella de ron, luego, recostado en la cama, con los ojos cerrados, bebió sorbo a sorbo la botella hasta vaciarla, sentir unos pasos, abrir los ojos y ver frente a él a la muchacha del almanaque, pero con un vestido verde y los labios pintados de rojo, mirándolo ansiosa, en espera de su iniciativa.

Sabía que soñaba y se apresuró en poseerla. La tomó en sus brazos, la posó en la cama, ligera como una muñeca de trapo, la desvistió y se acostó sobre ella, que dócilmente lo aceptaba

163

todo; penetrándola, besándola, aspirando su perfume hasta desahogar su pasión para despertar en un sobresalto, aún con la botella en la mano y el calzoncillo húmedo.

Se levantó para lavarse, encendió la luz y al mirar al almanaque quedó perplejo: la muchacha estaba de pie, con un vestido verde, los labios pintados de rojo y mirándolo con la más bella de las sonrisas.

LA YEGUA DE MI ABUELO

En el hambre de los noventa —que hoy continúa en Cuba, por supuesto— mucho recordé a mi pobre abuelo, que en los años treinta o cuarenta —según me contaron de niño—, comelón como yo, muy pocas veces en su mísera vida pudo llenarse la barriga, y sólo con harina de maíz o boniatos. Aunque de todas formas no hubiera podido hartarse de carne porque no tenía dientes ni dinero para costearse una dentadura.

Su columna vertebral tampoco le servía ya para guataquear o cortar caña, lo único que había hecho desde niño, pero un sueño lo animaba: tener un carretón con un caballo para ganarse las viandas, los tabacos y ahorrar para una dentadura.

Todos se burlaban o lo miraban compasivos, preguntándole: "¿Con qué dinero usted va a comprar una bestia?". Y curiosamente un día, buscando yerbas para un cocimiento, encontró en el monte un carretón abandonado. Con la ayuda de un viejo amigo carpintero, tan pobre como él, y tablas que recogió en un basurero, lograron remendarlo.

Ahora sólo le faltaba el caballo, y como la suerte es loca, con dos billetes de la lotería que le regaló uno de sus hijos se sacó 10 pesos. Sólo requería encontrar un animal barato; tal vez un vendedor apurado. Esa misma tarde, en el portal

Domingo O. Castillo Álvarez

de la bodega del barrio, tras preguntar a todos, le dijeron de un caballo que proponían en 10 pesos. Para allá fue sin perder tiempo.

Era un caserío cercano. En un bohío de piso de tierra, sentado en un taburete, recostado en la pared, estaba un anciano más jodido aún que él, y respondió al saludo con una pregunta:

—¿Qué se le ofrece, compay?

—¿Es aquí donde venden un caballo en 10 pesos?

—Una yegua.

—Es lo mismo. ¿Puedo verla?

—Cuando venga el dueño, que es el nieto que estoy criando. Fue a comprarse un tabaco.

—¿Qué edad tiene su nieto si lo está criando?

—10 años.

—Entonces me voy, yo no hago negocios con un niño. ¿Usted lo deja fumar tabacos?

—Él se lo gana, hasta me da de comer a mí. No sea desconfiado, con esa edad ya es un hombre. Vende la yegua para comprar zapatos y ropa para poder ir a la escuela que abrieron. No quiere quedarse burro como yo.

Ya llegaba el muchacho, cojeando de una pierna, con el tabaco en la boca. El viejo le presentó a mi abuelo.

—Este señor quiere comprarte la yegua.

—Venga conmigo a verla.

Tras el bohío estaba el animal, flaca y desnutrida. Mi abuelo le dio vueltas pasándole la mano.

—¿Esta bestia es coja?

—Es de nacimiento, como yo. ¿Por 10 pesos qué más se puede pedir? —respondió altanero el muchacho—. ¿La toma o la deja?

—Si me la deja en ocho pesos me la llevo.

—Bien, de acuerdo. Ofrézcale comida y cariño. Ha sufrido mucho, igual a mí, que no tengo padre ni madre. Con los dos pesos que se ahorró, búsquese un buen herrero. A lo mejor con dos herraduras no cojea.

Mi abuelo se fue con la yegua, inseguro de la compra, pensando con cuál herrero acudir y en lo que debía darle de comer al animalito para que pudiera halar el carretón. Cuando se acercaba a su bohío, sintió tensarse la cuerda, se viró y vio cómo la bestia estiraba el cuello, se le doblaban las patas y caía al suelo. Se arrodilló a su lado, la palpó. Convencido de su muerte, mi abuelo se sentó a llorar sobre ella.

Cinco minutos después, un hombre bien vestido, con un gran bigote, detuvo el coche tirado por un mulo en el que venía. Se bajó y se paró a lado de mi abuelo.

—¿Se le murió el caballo?

—Sí, era una yegua.

—Usted la quería mucho porque lo veo llorando.

—En realidad no la quería tanto.

—Entonces le doy cinco pesos por ella, pero debe ayudarme a subirla al coche. Está flaca, entre los dos podemos, o si no, me quito la camisa para picarla aquí mismo.

—¿Para qué quiere una yegua muerta?

—Para darle de comer a mis dos leones. Tengo montado el circo al otro lado del pueblo. Esta carne me sale más barata.

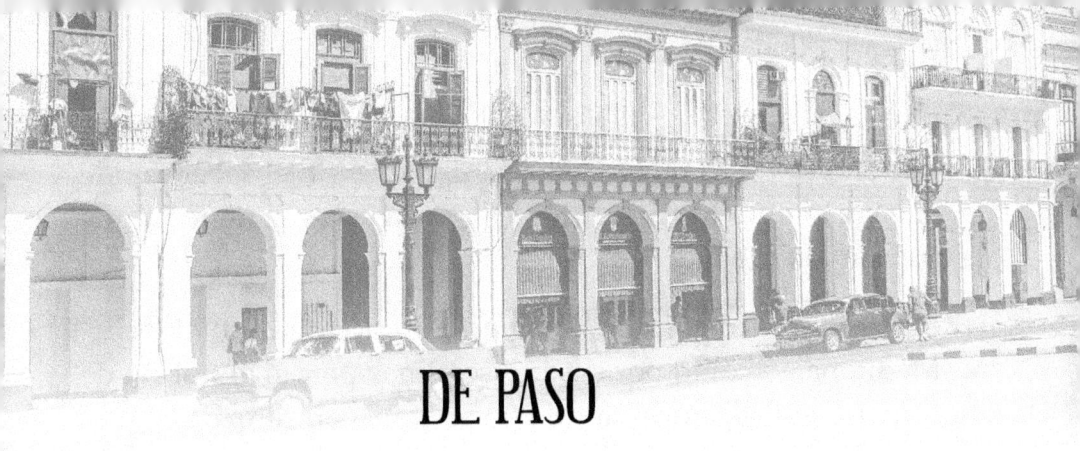

DE PASO

Siempre se equivocaba en los cambios de trenes por su orgullo de preguntar lo menos posible, pues a veces no entendían su checo mal pronunciado. Eso lo avergonzaba, sin darse cuenta de que las personas andaban apuradas, sobre todo con un frío tan espantoso, o tal vez porque, mulato indio como era, lo confundían con un gitano y sobre ellos imperaban prejuicios raciales. Entonces lo miraban con recelo para seguir su camino sin responderle. Claro que era en cambios de trenes con pocos minutos, en diferentes andenes, sin darle tiempo a nada.

Así fue a dar a aquel pueblecito, sin esperanzas de que pasara en toda la noche otro tren en la dirección necesaria. Por suerte, cerca de la estación encontró al hotelito del lugar, allí se refugió y lo primero que le dijo el carpetero fue que tendría que acostarse con el abrigo puesto porque no había llegado carbón suficiente para la caldera y no habría calefacción en toda la noche.

El empleado le sirvió un emparedado junto a un tazón de té con coñac y le dio la llave de la habitación. En ella, con toda la ropa puesta, se metió bajo el edredón sin apagar la lamparita al lado de la cama para continuar con el libro que estaba leyendo.

Domingo O. Castillo Álvarez

Ese día cumplía 20 años, solo, lejos de su madre en Cuba, que en un día como ese le hacía un *cake*, sin él saber dónde ella conseguía los ingredientes con la escasez de todo que sufrían los cubanos.

Pero no sacó el libro, sólo permaneció mirando al techo. Meditaba en cómo por sus indisciplinas perdió el trabajo de tornero en Praga después de un año del contrato, de cuatro, para poder regresar a Cuba con una motocicleta, además de pesos convertibles para fabricar un cuarto adicional en la casa y poder casarse.

Fue enviado de castigo a aquella remota fundición casi en la frontera con Polonia, y recordó su áspero diálogo con el jefe de la misión cubana:

—Yo soy tornero, ¿qué voy a hacer en una fundición no ferrosa?

—Trabajar de ayudante o algo así; ganarás menos y es por tu culpa. Si no estás de acuerdo puedes regresar a Cuba, pero perderás todos tus derechos. Lo que has ganado servirá para pagar el pasaje. En esa fundición hay dos cubanos igual que tú. Te unes a ellos, así pagan entre todos la habitación y la comida para que les salga más barato.

Muchos años después, él esperaba en el aeropuerto de Madrid la hora de partida de su avión hacia Nueva York cuando le pasó por el lado una muchacha que, por su físico o el perfume que usaba, le recordó a Milena. Entonces su memoria lo llevó de nuevo a aquella noche fría, solitaria, de su vigésimo cumpleaños.

La luz de la lámpara era débil, estaba aterido, despierto. Primero sintió alguien tocar a la puerta, luego ella la entreabrió y asomó la cabeza.

—Buenas noches. ¿Puedo entrar a conocerte? Soy Milena, trabajo en el hotel, ayudo a los huéspedes. Tú eres el único hoy.

Sin esperar la respuesta, ella cerró la puerta y se sentó al lado de la cama. Rubia de ojos azules, gorro en la cabeza, abrigo de piel, bufanda en el cuello.

—¿Tú cómo te llamas?

—Andrés. ¿Por qué hablas tan bien el español?

—Mis padres, como judíos, huyeron a Argentina. Nací allá y nos dejaron regresar cuando terminó la guerra. Me voy, vengo dentro de un rato a acostarme contigo para darte calor; no te duermas. ¿Eres gitano?

—No. Cubano.

—Gitano cubano.

—No, sólo cubano. En Cuba no hay gitanos, que yo sepa.

—Qué raro. En Argentina sí había. De todas formas, para mí eres gitano.

—No hay problema en eso. Seré tu gitano.

Claro que pasó la noche esperándola, temblando de frío. A las siete de la mañana se levantó para estar a tiempo para el tren que pasaría a las ocho. Despertó al carpetero que dormía en una butaca, arropado en un edredón; le pagó, le dio una propina y preguntó por la muchacha, pero el hombre le contestó de mala gana, alzando la voz.

—Usted tuvo un sueño, aquí no trabaja ninguna mujer.

—Está bien, gracias. Disculpe mi pregunta. Y no fue un sueño, e incluso ella hablaba español.

—Entonces está todo claro. Usted se acostó borracho. Vio un espejismo. Le sugiero que no viva de ilusiones ni se busque problemas. Móntese en su tren y no vuelva más por aquí.

El tipo no le confesaría que Milena era su novia, libre, caprichosa, que acostumbraba a merodear por el hotel burlándose de los huéspedes, ilusionándolos o haciéndolos más felices por una noche.

Andrés nunca la olvidó. Pasó el tiempo y poco antes de regresar a Cuba, mientras miraba las estatuas en un puente de Praga, alguien se le acercó por detrás y le tapó los ojos con manos perfumadas. Era ella.

—Aquella vez me botaron del hotel. No te vi más, pero hoy sí serás mi novio gitano.

EL ARDIENTE SOL DEL VERANO

Al fin le llegó la jubilación a Megaterio, la cual apenas le alcanzaba para la cuota de alimentos del mes, junto a su vicio de cigarros. Entonces lo aceptaron para la contrata de un puesto de venta de periódicos, aunque nunca había servido para tratar con el público. Pero era viejo, gordo y muy vago para emprender otra labor.

La venta la realizaba en una cabina pequeña, acristalada, sin una sombra sobre ella, bajo el Sol ardiente; una jaula que a las 12 del día ya se había convertido en un horno.

Con su gordura le costaba trabajo entrar en aquella ratonera, y como le orientaban a recibir los periódicos o revistas sentado dentro, en la primera hora de suplicio se había tomado los tres litros de agua que siempre llevaba, pues allí sudaba como presidiario en una cantera.

¿Por qué rayos llegaban tan tarde los periódicos y revistas si él debía estar allí a las 8:00 a.m., prisionero en una verdadera celda? Horas deshidratándose para luego, con más furia, aún maltratar a los compradores, sobre todo si no le pagaban el periódico con monedas de 20 centavos y debía dar el vuelto que a veces tampoco tenía.

Domingo O. Castillo Álvarez

Porque eso sí. Cumplía estrictamente con las instrucciones. Sólo vendía un periódico por persona. Si alguien le preguntaba por qué, daba una respuesta brutal:

—¡Porque me sale de los timbales!

Entonces el protestante se callaba ante aquella mole de carne sudada, rostro de ogro con barba de una semana y voz imponente. Precisamente aquel día en que además le dolía hasta el alma, cuando ya quedaban pocos periódicos, un flaco de espejuelitos le puso sobre el mostrador un billete de cinco pesos. El puñetazo que dio el gordo sobre la madera del mostrador estremeció el estanquillo.

—¡A quién carajo se le ocurre venir a comprar un periódico de 20 quilos con cinco pesos!

—¡A mí, en ejercicio de mi derecho ciudadano! ¡Usted está obligado a venderme el cabrón periódico!

—¡Pues no te voy a vender nada!

Alguien de la cola, para destrabar el problema, ofreció los 20 centavos, pero el flaco rechazó la oferta y disertó sobre sus derechos mientras el ogro parecía haber enloquecido tras los cristales.

—¡Como vendedor tampoco acepto que le paguen el periódico, eso es oportunismo político! ¡Que vaya a su casa a buscar la peseta!

—¡Yo vivo a cinco kilómetros de aquí, no puedo ir a mi casa!

—¡Pues jódete, hoy no vas a leer el periódico!

—¡Démelo, cójase los cinco pesos!

—¡Yo no necesito tu dinero, métetelo por el culo!

Por un minuto quedaron mirándose como fieras. Las personas de la cola, calladas, aguantaban la risa y tras unos segundos, el flaco, al meter la mano en un bolsillo, encontró menudo.

—No recordaba que cuando pagué el almuerzo me dieron un vuelto. Tome la peseta.

—Coja su periódico, no hay necesidad de pelear. El cliente siempre tiene la razón.

—Gracias.

—Por nada.

Se fue doblando el periódico para meterlo en un bolsillo mientras el gordo se secaba el sudor del rostro, mirado con miedo por los clientes que, silenciosos, tenían la peseta en la mano para no provocar su ira; hacían la cola para ver si alcanzaban un periódico para tener en la casa con qué limpiarse el fondillo.

EL RIESGO DE LO DESCONOCIDO

De visita en casa de un amigo, luego de conocer a los padres, llamaron a la "niña", hermana de mi amigo, para que también la conociera y quedé bizco. ¡Qué niña, carajo! Qué cuerpo, qué cara. Me extasié, casi babeándome, mirándola en toda su arquitectura: sus ojos, sus piernas en aquel short que le llegaba hasta allí mismo, apretadito, marcándole el tesoro en toda su dimensión.

Con la vista la desnudé y la acosté en una cama llena de flores, sobre una nube rosada, perfumada; había quedado casi solo con ella en la sala y, de pronto, mi masturbación mental se oscureció con el bastonazo de la vieja en mi cabeza.

Desde el primer momento parecía dormitar en un rincón, ajena a mi llegada. Viéndola tan viejita la ignoré por completo, como si estuviera disecada. Y era sagaz, violenta, la muy puñetera y me regañó a gritos, alterada:

—¡No mires así a mi nieta, te la templaste con la vista!

La muchacha se reía a carcajadas. Me fui avergonzado, aunque eso no quedaría así; era amor a primera vista. Le caí bien porque soportó mi mirada de deseo animal sin chistar, con una sonrisa; y aunque nunca había escrito una carta de amor, esta vez lo intenté y quise ser tan humilde que resulté pordiosero:

"Soy poca cosa para ti; eres mucha mujer. Me aburro, seguramente eres muy alegre. Lo supe por tu risa. Soy como chícharos con gorgojos, la vida me trata con desdén. Te amo y al ser un yogurt con limón tú serías mi azúcar".

Su respuesta fue sencilla, en la misma carta, por detrás: "Vaya a un siquiatra a curarse esa depresión, no se encarne en mi calavera".

No me amilané por eso. Estaba claro que no se me daría tan fácil. Me atreví a visitarla y me atendió cordialmente en presencia de la abuela, listo su bastón samurái para atacarme si lo creía necesario. En esa conversación descubrí su sentido del humor. Yo le decía:

—Tengo una casa grande. Vivo solo. De tanta soledad por la noche siento miedo.

—Puedo conseguirle un perro —me respondió ella, burlona.

—¿Qué comida voy a darle? Tendría que buscarle una perra para que no sufra como yo, que vivo enamorado de usted. Luego vendrían los perritos; me daría lástima regalarlos, separarlos de sus padres. Sería una manada de perros ladrando de hambre.

—Entonces olvide al perro. Puedo conseguirle con un pariente una plaza de custodio nocturno para que medite toda la noche y mire las estrellas.

No obstante, a pesar de su tono de broma, decidió darme la oportunidad de probarle mi amor. Aprovechamos la sordera de la abuela y quedamos en que pasaría por allí todas las noches, y que cuando viera una javita tendida en el balcón diera tres toques de contraseña en la puerta de atrás, pero el imprevisto estuvo en que su padre consiguió unos pescados, lavó la javita que usó y la tendió en ese lugar.

Al yo pasar y ver la javita, el corazón casi me estalla porque satisfacer un sueño de amor es ascender al cielo. Nervioso di los tres toques en la puerta, y quien me salió fue la vieja samurái, bastón en mano, loquita por darme otro trastazo.

—¡Tú otra vez! ¡A las 10 de la noche! La niña ya se acostó. Eres muy persistente. Si fueras igual en el trabajo serías héroe nacional —me tiró la puerta en la cara y si antes no me dio otro bastonazo fue porque retrocedí a tiempo.

Pero la puta vieja no me vencería tan fácil, pues sabía que la niña, aunque con dudas, estaba puesta para mí y al fin decidió corresponderme, acompañarme a mi casa. Preocupada de que alguien la viera, sólo llegó a mi puerta cuando ya no se avistaba a nadie en la calle, aunque seguramente a través de persianas entreabiertas nos espiaba alguna de las viejas de la cuadra, chismosas y chivatonas como son en la guardia del comité, desde la oscuridad, donde ven como los gatos.

Encendí una vela porque no había corriente eléctrica. Ella, modosa, se sentó en el borde de la cama y, como al empezar el apagón habían quedado conectadas las luces y el televisor, todo se encendió de pronto en el momento en que ya estaba desnudo, con la guardia en alto.

Ella se asustó al verme de esa forma, por lo que pensé haber echado todo a perder con mi prisa, pero no. Ella soltó toda su risa, respiré aliviado y me envolví en una sábana mientras ella se desvestía.

Al fin empezamos a gozar, y como llevaba un mes tomando vitaminas de España, junto a unos cocimientos que me enseñó a preparar una vieja vecina que le sabía al tema, pues había sido fletera profesional, estaba confiado en impresionar a la niña con mi vigor.

Así fue. Hicimos el amor cinco veces. Muy grato es poseer a la mujer deseada, complacerla en todo, besarle cada rincón del cuerpo, saborear sus olores hasta finalmente dejarse lamer por ella para quedar agotados y conversar abrazados.

—Primero soñaba con esta noche, ahora con otra cosa.

—¿Qué cosa?

—Que aceptes ser mi esposa.

—¿Tú sufres de alucinaciones? Yo aspiro a terminar mis estudios, junto a perfeccionarme en mi deporte preferido.

—¿Cuál es tu deporte? —y como no me contestó, continué con mi alegato—. Yo no te estorbaría en tus estudios o deportes porque tienes un carácter fuerte. Necesito alguien que me gobierne o hasta que me caiga a golpes si me porto mal.

—Lo último puede ser muy real.

Como lo dijo segundos antes de dormirse, eso quedó en mi mente como un chiste o un enigma, cuya respuesta la descubrí un rato después cuando, sentado en la sala fumándome un cigarro, meditaba y la vi salir del cuarto, desnuda en toda su belleza, aunque con una extraña forma de caminar, sin mirarme. Anduvo por la casa, yo siguiéndola. De pronto se viró hacia mí. Con la primera patada me tiró al suelo, con la segunda me dejó sin dientes, y mientras me remataba, despertó dando unos gritos horribles y corrió a encerrarse en el baño. Me arrastré hasta la acera; grité pidiendo auxilio. Unos vecinos me llevaron al hospital sin que ella saliera de su escondite. Al policía que me interrogó le dije que había caído del techo.

Tres meses después, aún con muletas, descansaba en el parque y hablaba con un amigo.

—¿No la viste más?

—Sí, cuando fue con el hermano a verme al hospital, muy apenados los dos.

—Pero acaba de explicarme cómo, con lo corpulento que eres, una mujer pudo dejarte así.

—Porque yo no sabía que era sonámbula, que en ese estado perdía la memoria o que desde sus cinco años practicaba kárate con un tío.

EL SUFRIMIENTO DE LOS PERROS

Aclaremos que Francisco, como amante fanático de los animales, sentía dolor de verlos en cautiverio para satisfacer la vanidad o el entretenimiento de las personas. Más aun cuando a esos pobres seres los castraban, les negaban la libertad, la felicidad de saciar sus instintos sexuales de reproducirse, conocer la vida real, vivir a plenitud.

Aunque a Francisco no lo sentenciaron a la cárcel por matar a una vaca, algo normal en Cuba. La condena fue por matar a un perro como delito político, concepto que él no lograba entender. Y no salió tan mal en el juicio, a pesar de que el fiscal solicitaba años adicionales de cárcel por peligrosidad, argumento que Francisco tampoco comprendía.

Los jueces no lo llevaron tan recio: sólo cinco años de reclusión en una granja cañera; a dieta única de chícharos con boniatos en almuerzo o comida, y agua con azúcar prieta de desayuno, con un pedazo de pan.

El problema consistió en que no era cualquier perro. Su dueña era Escarpia, la jefa de los comités de defensa de la revolución de todo el barrio. Una cincuentona comecandela que sólo vestía ropa de miliciana y que, manipulándole el cuello al sufrido animalito, había logrado que dijera: "Patria

181

o muerte". Cada tarde ofrecía el espectáculo en el portal de su casa; se agrupaba la gente para verlo e incluso a veces venían las autoridades del partido o del gobierno del pueblo, que felicitaban públicamente a la mujer por su iniciativa revolucionaria.

Cuando terminaba el suplicio, el perro quedaba tendido en el piso, casi asfixiado, con ganas de acabar de morirse. Hasta rechazaba la comida que le ponían delante para premiarlo por el agotador esfuerzo ideológico.

En el juicio, Francisco alegó que había matado al perro porque en una madrugada en que iba por la acera, salió del portal a morderlo, pero los testigos de la acusación, para adular a la cincuentona, a la que temían por chivata, dijeron la verdad: que el perro, muy deprimido, ni sabía ladrar, le tenía miedo hasta a las moscas, que era incapaz de morder a nadie y que un barrendero vio de lejos al acusado, cuchillo en mano, cortándole la garganta al pobre animalito.

Un agravante citado por el fiscal se fundamentó en que el acusado estaba fichado como disidente político; que nunca asistía a las reuniones del comité de la cuadra ni cumplía con las guardias; aunque antes no había sido condenado por nada.

Y finalmente, Francisco les dio la evidencia que necesitaban al contradecirse de sus alegaciones anteriores y aceptar que sí lo había matado para evitar que siguiera sufriendo aquella tortura y que hubiera preferido matar a la dueña por abusadora. Esto último lo dijo para desahogarse, lo cual agravó su situación, pues por ese detalle el fiscal pidió los años adicionales de cárcel por peligrosidad.

Y después de todo tuvo suerte. Los jueces estaban contentos ese día, pues los esperaban para una fiesta con lechón asado más cerveza y no fueron muy severos. La sentencia se le aplicaría de inmediato y la podría reducir con buena conducta y reeducación política.

Meses después, en una visita a la granja donde Francisco cumplía la sentencia, su esposa le dio la noticia:

—Ya Escarpia enseñó a otro perro que no sólo dice "patria o muerte", sino también "venceremos" y "viva Fidel". Anoche salió en el noticiero de la televisión nacional.

SALUDOS MAL ENTENDIDOS

De niño, Serapio era tímido y oía a las personas mayores con respeto o miedo, pues creía que todo lo que decían era importante. Pero ahora, también adulto, llevaba tiempo descubriendo que era todo lo contrario, que el 90% de lo que se habla es pura mierda porque la gente opina de todo sin saber de casi nada.

Esa verdad la confirmó al leer de un importante político norteamericano, que era muy sabio, la frase: "El que habla se jode". Tal idea Serapio la adoptó como guía en su vida. Si se veía obligado por las circunstancias a asistir a una reunión, jamás abría la boca. Si lo emplazaban a expresar su opinión, respondía con un encogimiento de hombros o una frase cantinflesca. Por ello era considerado como políticamente negativo, lo cual le importaba un bledo.

Serapio había aprendido que una simple jarana, un sí o un no, o algo dicho sin pensarlo, creaba malentendidos o suspicacias. Que ante una indirecta, una burla o un mal trato, era mejor apretar los labios sin contestar nada, y cómo muchos dicen a los niños: "Calladito es más bonito".

184

Un día tuvo la mala suerte de sufrir un accidente de trabajo en el que, además de otras heridas o contusiones, perdió cuatro dedos de la mano derecha, salvándose sólo el del medio.

Semanas después, Serapio iba a cruzar la calle sin percatarse de un auto que tuvo que frenar, y al oír al chofer, sin entender lo que decía, pensó que lo saludaba. En respuesta levantó su mano derecha. Eso bastó para que el hombre se bajara para invitarlo a fajarse, lo cual lo obligó a correr tres cuadras. Percatado de la causa, Serapio rellenó cuatro dedos de un guante negro y desde ese día empezó a llamar la atención y ser conocido en la ciudad, sin él saberlo, como "el hombre de la mano negra".

En una tarde de carnaval tomaba cerveza con amigos del barrio y un desconocido se le acercó a preguntarle por qué usaba ese guante. El efecto de las cervezas lo hizo olvidar la frase que lo guiaba en la vida. En broma respondió que era la forma suya de protestar contra la falta de derechos humanos en Cuba. Todos los presentes lo miraron serios, yéndose uno a uno.

Días después iba tranquilo por una acera cuando se le parqueó a su lado un carro de la seguridad del Estado. Se lo llevaron. Lo tuvieron preso una semana, lo interrogaron varias veces, le registraron la casa y le decomisaron revistas extranjeras y un radio con onda corta (para que no oyera más a Radio Martí). Finalmente quedó bajo vigilancia del comité de la cuadra tras ser liberado con una advertencia muy clara de cuidar sus opiniones en público.

Salió de allí muy confundido; le habían decomisado el guante. Casi sin saber por dónde iba, Serapio fue a cruzar la

Domingo O. Castillo Álvarez

calle sin mirar. Y casualmente, el mismo chofer del incidente anterior le frenó delante.

Serapio pasó levantando la mano derecha en señal de agradecimiento, sin saber lo que le esperaba al ver bajar al tipo con mirada de fiera, acorralándolo, parándosele delante, bloqueándole el paso, con los puños preparados para golpearlo sin contemplaciones.

CAMINO AL PARAÍSO

Antes de ir a trabajar, Cristóbal se sentaba en un banco a la orilla de la cañada a contemplarla pasar, con su andar rápido, y su bolsa tejida llena de libros, aunque hacía dos semanas que no la veía. Sin embargo, esa mañana le latió el corazón más fuerte cuando la divisó acercándose por el caminito desde el caserío cercano, esta vez lentamente, con muletas y un pie enyesado, hasta pararse en la orilla de la cañada, que había crecido con las lluvias de la noche anterior.

Lo deslumbraban sus ojos negros, el pelo que le caía por la espalda, el cerquillo en la frente, la sonrisa con que le respondía los buenos días, y esta vez venció su timidez. A grandes saltos, Cristóbal se acercó para ofrecerse a cargarla.

Lo miró titubeante, aunque aceptó su ayuda porque la necesitaba. Él, alto, fuerte, fácilmente la levantó en brazos, pero cometió el error de mirarla a los ojos. Ella le sostuvo la mirada, embrujándolo.

—¿Qué esperas? Llévame.

—Sí, por supuesto. Me detuve porque usted me hipnotizó, también porque huele a flores, a cielo, a la gloria.

—No lo sabía.

Domingo O. Castillo Álvarez

—La llevaría así hasta el lugar adonde usted se dirige. Claro, si alguien no se pone celoso.

—No tengo compromisos, me dedico a mi carrera de derecho. Me llamo Dana, pero si me llevas cargada hasta el hospital llego tarde al turno con el médico. Son dos kilómetros. Eres muy galante, debes haber logrado muchos amores.

—No, yo tampoco tengo compromisos.

—¡Pero adónde vamos! Hacia la derecha está la parada de ómnibus.

—Olvídese del ómnibus, no me puedo perder este milagro. Páseme el brazo por detrás del cuello para que me sea más fácil llevarla y cargar las muletas.

—Pareces muy embullado conmigo.

—Sí, amor a primera vista desde hace muchos días.

—También a primeros olores.

—Un enamorado usa todos los sentidos.

—Por esta calle que tomaste tampoco se va al hospital, ¿para dónde me llevas?

—Ni yo mismo lo sé.

NOCHE DE FIESTA

En un pueblo famoso por sus fiestas tradicionales que duran semanas, surgen leyendas que se vuelven parte de las atracciones turísticas; se desean activar como si fuera posible revivir, en su pureza, tradiciones populares con criterios burocráticos.

Era la tarde de uno de esos alegres días. Una pelirroja guía turística contaba una antigua historia local —como ejemplo de la corrupción imperante antes de la revolución; una de las narraciones de carácter ideológico en su repertorio obligatorio— a un grupo de turistas recién llegados de España que esperaban en un salón el aviso para la cena en el hotel.

Les contaba de un hombre fuerte, bien parecido, salvo por una mancha roja en el rostro, que despertó de una pesadilla con dolor de cabeza. Colgado de la pared un uniforme. En la mesa de noche su revólver de reglamento.

Era el jefe de la policía en esa época, las fiestas le daban mucho quehacer y se había acostado un rato en la cama tras varias noches de mal dormir hasta despertar, levantarse y tomar la aspirina que le trajo su esposa. En verdad no tenía tiempo para malestares.

189

Demasiado trabajo, preocupaciones. En primer lugar, evitar que su hijo ya adolescente —quien heredó la mancha roja— se metiera en problemas por sus imprudencias, máxime en una noche interminable en que todo puede suceder. Para ello ordenó a alguien vigilarlo.

En ese momento, el muchacho, que bailaba en una comparsa tras los músicos, se vio en medio de una reyerta tumultuaria tras alguien tocarle las nalgas a una mujer.

Logró esquivar puñetazos, patadas y huyó a la seguridad de un portal, donde otras personas se refugiaban, y de pronto la muchacha de ropa azul muy ceñida —que discretamente desde hacía rato lo seguía—, a la que a veces veía conversar o discutir con su padre, le apretó un brazo, lo obligó a ir con ella y sólo se detuvo para besarlo y darle confianza. Luego caminaron por una calle estrecha, alejándose del gentío hasta llegar a una cuartería.

Entraron sin saludar a la anciana en la puerta del pasillo, que ni los miró; en una habitación mal iluminada la muchacha le ordenó quitarse el pantalón, acostarse y ya desnuda sobre él, dijo:

—Ya estás en guardia. ¿Sabes lo que practicaremos?

—Yo nunca he hecho esto.

—¿Cómo es posible? Bien parecido y listo tan rápido, pero estoy aquí para enseñarte.

Lentamente lo llevó al clímax del placer, luego siguió aprisionándolo con su cuerpo por varios minutos.

—¿Te gustó? Creo que me sembraste tu semilla porque hoy es mi día.

—No entiendo.

—Que tal vez tendré un hijo tuyo.

—¡No puede ser, mi padre me mata! ¡No me deja ni moverme porque dice que estoy mal de la cabeza!

—El que está mal de la mente es él. Lo que pasó entre tú y yo es mi venganza. Ahora debo irme.

—Sigo sin entender; explícame eso.

Callada, le dio un breve beso en los labios. En segundos se vistió y desapareció por el pasillo, dejándolo sin saber qué pensar, hasta que atinó a ponerse el pantalón y salir a la calle, mirando de reojo a la anciana, que levantó la cabeza para verlo pasar.

Regresó por una callejuela hasta llegar al centro de las fiestas y al doblar una esquina alguien lo agarró con fuerza, pegándole la espalda a la pared.

—¿Dónde está la muchacha que estaba contigo?

—No sé, salió sola. ¿Quién es usted?

—¿Ya no conoces a tu padre?

El parecido era muy grande, incluso la mancha en la cara, pero su padre no tenía esas arrugas ni tantas canas.

—Usted no es mi padre. Tal vez mi abuelo, a quien nunca he visto.

—Idiota, tu abuelo murió hace años.

—¿Por qué usted lo sabe y mi padre no?

No le respondió. Le soltó los brazos, se alejó; dejándolo tembloroso en medio de gentes desconocidas que caminaban en uno u otro rumbo, personas que nunca había visto, alegres, con botellas de cerveza en las manos. Echó a andar pensando en ella, buscándola para advertirle del peligro que creyó adivinar en el hombre parecido a su padre.

¿Pero acaso podría encontrarla en la muchedumbre, cruzándose con muchachas parecidas, con ropas del mismo color, mirándolas a los ojos? ¿Recordando su expresión por momentos amorosa, finalmente diabólica? Algunas le devolvían la mirada, como preguntándole qué deseaba. ¿Por qué lo escogió a él hasta llevarlo a la cama? ¿Y quién era aquel hombre?

Caminó sin rumbo fijo por una hora, entonces recordó que su padre dedicaba mucho tiempo al casino de juego que controlaba y con el que se enriquecía. Llegó en el momento en que el desconocido le pedía cuentas en voz alta.

—¡Me metiste en la cárcel para quedarte con todo y abusar de mi hija, tu propia sobrina! ¡Vas a pagar por todo!

El hombre enarbolaba una pistola; el muchacho corrió para ponerse delante de su padre, que desenfundaba su revólver. Las dos armas dispararon varias veces hasta caer muertos los tres.

40 años después, la pelirroja cuenta otros detalles de la tragedia, reales o agrandados más tarde por la imaginación popular; y añade que la muchacha tuvo un varón nacido con la mancha roja y que ambos desaparecieron del pueblo sin saberse más de ellos.

Y en un rincón del salón, un turista corpulento, con una mancha roja en el rostro que disimula con un sombrero de alas caídas y grandes espejuelos oscuros, la oye con atención, retorciéndose ansioso las manos.

ADÁN Y EVA

Desde que llegó al taller para elaborar su tesis de ingeniero y se lo asignaron para que lo asesorara, Adán le cayó bien: bien parecido, educado, tímido.

Un viernes lo invitó a almorzar a su casa para que la ayudara a mover muebles de una habitación a otra y pintarlos. Pasaron las horas y por la tarde comenzó una tormenta.

Eva vivía con su madre, que, espantada de los truenos, le sugirió a la hija que no lo dejara irse hasta que escampara.

—Se me iría la última guagua para llegar a mi pueblo —explicó él.

Entonces ella, apoyada por su mamá, se impuso dándole una orden:

—Pues te quedas a comer y dormir aquí. No tienes opción. A tu familia la llamas para decírselo. Cerré la puerta por dentro. Hay una sola llave, que tengo en el ajustador.

—Es que no tendría ropa limpia.

—Eso se resuelve. Te bañas y te presto un pijama de mi padre. Era grande como tú. Comes y te acuestas en el último cuarto, que tiene baño.

Domingo O. Castillo Álvarez

Allí, Adán no conciliaba el sueño. Primera vez que dormía en una casa ajena, en una cama demasiado cómoda. Hubiera preferido quedarse viendo televisión, pero con la tormenta decidieron que era peligroso encenderla. Ellas se acostaron temprano y no le quedó más remedio que imitarlas. Pasada una hora lo sorprendió la voz de Eva.

—Mamá ya se durmió. ¿Estás cómodo?

—Me siento extraño aquí. ¿Por qué no te acuestas conmigo?

—No pensé que fueras tan fresco. Debes respetarme, puedo ser tu madre.

—Imposible. Tengo 22 años y tú 32.

—Es que me pides algo imposible.

—¿Entonces por qué viniste con ese ropón transparente, perfumada, para ilusionarme?

—El ropón no es tan transparente y siempre me perfumo para acostarme.

Ella, para hablar bajito, se había acercado a la cama y él la atrapó por la cintura con ambas manos.

—¡Suéltame o grito!

—Si gritas despiertas a tu mamá o te oyen los vecinos.

—Bien, me puedo quedar sentada en la cama para conversar si no te propasas.

Pero él aspiraba a otra cosa. Sin gran esfuerzo la acostó y se le subió encima, aguantándole los brazos mientras le abría las piernas con las suyas. Eva sintió la presión sobre su sexo, olvidado desde su divorcio hacía años.

—Vas a romperme el blume.

—Te lo voy a quitar ya.

—Sí, pero déjame acostarme sobre ti.

La dejó moverse sin soltarla para que no escapara. Ella le exploró su cuerpo con la mano, llevándola hasta donde más lo deseaba.

—¡Por Dios, me asustas!

Realmente no estaba asustada. Antes que hiciera otra acción, ella le dijo al oído:

—Nadie puede saber de esto. Te voy a hacer hombre para que me recuerdes siempre.

Siguió haciéndolo hombre durante 30 días, volviendo ella a ser mujer e ignorantes de que la vieja los miraba cada noche por una hendija luego de fingirse dormida y venir descalza para no ser oída; contenta de ver de nuevo feliz a su hija, aunque preocupada por los chismes inevitables. A las tres semanas, ella le preguntó a Eva:

—¿Cuándo se va el muchacho?

—Espero que nunca, pero ya está terminando su tesis. Me daba lástima que tuviera que viajar diario con lo malo que está el transporte; aquí con nosotros es una ayuda y trae alimentos.

Porque tras la pintura de las habitaciones, Adán continuó con el resto de la casa; chapeaba el patio, hacía las compras, tapó las goteras del techo y se ocupó de arreglos eléctricos. Eva no sabía qué inventar para prolongar la permanencia de Adán en la casa. En los últimos días su madre le sugirió:

—También podría barnizar los muebles si consigues el barniz.

En el acontecer humano todo llega, todo pasa. El día de la despedida, Adán prometió volver en una semana y jamás regresó, sin saber que Eva estaba embarazada. Meses después, luego de nacer la niña, ellas se enteraron de su salida del país en una balsa.

Tras el parto, la anciana, avergonzada, presionó a su hija y se fueron para La Habana; cambiaron su enorme vivienda por otra más pequeña, cerca del parque central.

Pasaron los años. Un hombre barbudo que fotografiaba estatuas bajó la cámara para observar a las dos mujeres que se acercaban. Una canosa, delgada; la otra, joven, bella, y se dirigió a la más vieja.

—¿Eva, eres tú? ¿No me recuerdas?

—Señor, usted me confunde con otra persona.

—Disculpe, señora.

Las dos mujeres siguieron de largo y la muchacha preguntó intrigada:

—¿Mami, quién es ese turista que sabe tu nombre? Se quedó parado mirándonos, es muy bien parecido.

—Me confundió con otra mujer de ese nombre, que abunda tanto —y viró el rostro para que la hija no viera sus lágrimas a punto de brotar.

EL MISTERIO DE LAS MEDIAS

Su amigo Juvencio se lo advirtió: "Dildo, yo sé que Xana te gusta mucho, ¿a quién no? Pero no te juntes con esa mujer. Se enamora, sí, pero como una perra, entonces se pone agresiva por los celos. Ya cumplió cuatro años de cárcel porque casi se la corta al primer marido que tuvo. Si los cirujanos se la salvaron fue porque la tijera con que lo atacó dormido no tenía filo. Así y todo, el tipo estuvo orinando seis meses por una manguerita en la barriga. Terminó la condena y su segundo marido, si no se tira desnudo por una ventana, se queda sin rabo porque se despertó en el momento en que ella se lo tenía agarrado con una tijera nueva en la otra mano".

Dildo no hizo caso. Estaba perdidamente enamorado de aquella bella criatura de largos cabellos rubios, mirada de ángel, y la llevó para su casa porque tampoco podía perderla: él no tenía suerte con las mujeres. Era tan feo que se afeitaba al tacto y sin espejo, para no mirarse. A Xana la conoció en medio de un pasillo cuando ella se le paró delante, diciéndole con frescura: "Tú eres el macho que me gusta". Luego lo besó en los labios, dejándolo paralizado, pensando en aquel milagro. ¿Una broma, una confusión, una loca? O tal vez él era como el patico feo y ese día amaneció como un galán de cine.

Domingo O. Castillo Álvarez

Todo iba bien; llevaban seis meses juntos. Xana no mostraba celos; era tan cariñosa que incluso le ponía las medias y las botas cuando se levantaba por la mañana. Hasta lo ayudaba a vestirse sin dejar de darle besos. Se bañaban juntos y por la noche se la embadurnaba de miel para luego chupársela, arrebatándolo, y amanecían con la cama llena de hormigas. Pero su amigo Juvencio no le advirtió, porque lo desconocía, que ella les ponía a sus maridos las medias al revés para cuando regresaran, retirárselas y detectar si estaban al derecho, señal de que seguramente se las había quitado para acostarse con otra mujer.

¿Quién iba a imaginar semejante obsesión? Y un día maldito, Dildo se despojó de medias y botas para ayudar a sacar el agua que había inundado un almacén. Cuando terminó, se secó los pies con estopa para ponerse al derecho las medias y luego las botas.

Al regresar ya de noche, como era lo acostumbrado, se acostó en el sofá para que Xana se las quitara. Ella, tras hacerlo, se paró en silencio, fue al cuarto y sacó de debajo de la cama una tijera de jardinero, filosa como navaja de barbero.

ENCUENTROS SORPRESIVOS

Cuando Pulcro le pidió prestada la casa a Falóforo, éste aceptó de inmediato porque eran buenos amigos, aunque con la condición de entrar después de las 9:00 a.m. e irse antes de las 5:00 p.m. porque ese era el horario de trabajo de Pucrolia, su hermana, dueña de la casa, una capitana gordiflona, jefa del comité militar del pueblo, que no tenía paz con nadie. Ella era conocida por proponer al alto mando del ejército que el servicio militar fuera por 10 años o que se crearan unidades militares para reclutar a todos los borrachos, mandarlos a trabajar en la agricultura cañera y que así supieran de qué se fabricaba el ron o el aguardiente.

Tan extremista en temas de disciplina, Pucrolia le había advertido a su hermano: "Si vuelves a recibir en la casa a tus amigotes de borracheras, te boto de aquí y no sé dónde vas a vivir".

El caso es que Pulcro había ligado a Fefita, una mujer atractiva y discreta, casada con un borracho, Cornelio, que ni la tocaba y sólo la quería para que le cocinara o le lavara la ropa.

Todo salió bien. Era una cuadra tranquila con árboles a todo lo largo. Pulcro entró primero, ella cinco minutos después, luego de mirar a todos lados para cerciorarse de que nadie la viera. Se besaron y fueron de brazos para el dormitorio del último cuarto, como había indicado su amigo.

Pero un borracho es un borracho. A sus 60 años, Falóforo ya tenía las neuronas casi secas. Empezó a beber en un bar cercano con dos amigos, uno de ellos el mismísimo Cornelio; luego compraron otra botella de aguardiente y Falóforo, que ya había olvidado que tenía prestada su casa, para allá los invitó a beber y conversar con tranquilidad.

Se acercaban las cinco de la tarde. Pulcro y Fefita necesitaban irse sin que nadie los viera, escondidos, ansiosos, mirando el reloj. En ese momento todos sintieron la fuerte y desagradable voz de la gordiflona, hablando en el portal con alguna vecina. Regresaba antes de hora por algún motivo y Falóforo, asustado, olvidado de Pulcro y Fefita, ordenó a sus compinches de tragos esconderse donde pudieran, ya que su hermana al llegar acostumbraba a bañarse. Entonces podrían salir sin hacer ruido.

Cornelio, completamente borracho, se metió en el cuarto de desahogo y cuando sus ojos se acostumbraron a la oscuridad vio a su esposa, junto a Pulcro, sentados en un rincón y les preguntó intrigado:

—¿Qué hacen aquí? ¿También están esperando a que esa gorda entre al baño?

NO HAY QUE EXAGERAR

Me alegré mucho al encontrar a mi buen amigo Olisbo en el parque después de tantos años. Él también pareció animarse; se levantó a darme la mano y me sorprendió verlo con dos perras a sus pies.

—¿Tuyas? Antes odiabas a los perros.

Me pidió sentarme si no andaba apurado, a fin de contarme una extraña historia. "Para desahogarme, porque sé que eres una tumba", me dijo y miró a todas partes antes de aclarar la garganta.

—Tú me veías en el albergue de la beca; la tenía muy chiquita, me acomplejaba desnudarme delante de todos en las duchas, hasta me decían "pichita". Y compadre, no sé si por mi físico o mi labia, se me daban las mujeres y pasaba penas. Algunas no comentaban nada o no salían más conmigo, otras me decían: "Hazme cosquillitas con tu cosita", burlándose. Entonces fue que conocí al veterinario Ludovico Cicuta, que primero se graduó de médico; en el zoológico experimentaba con animales y aceptó darme una mano.

—¿Y lo que hacía es legal?

—Yo no pregunté, pues no me costaba nada.

Domingo O. Castillo Álvarez

—Entiendo, claro. ¿Y en qué te ayudó?

—Yo era ambicioso y me trasplantó órganos de un caballo. Un genio loco el tipo. Corrí el riesgo. De todas formas, lo que tenía sólo servía para orinar y todo fue un éxito. Debía ponerme semanalmente una inyección para el rechazo, que él producía con sustancias del cuerpo de cucarachas de matas de coco, esas grandes, duras, que si te paras encima de ellas no les pasa nada. Hasta temí convertirme en cucaracha, pero Ludovico me dijo que eran fantasías mías. También debía comerme cada día dos mazos de lechuga, acelga, espinaca, o yerba del patio si no encontraba esos vegetales. El trasplante funcionaba bien, pero empezaron los problemas.

—¿Cuáles? —le pregunté, porque estaba estupefacto, aunque lo conocía bien; de mirarlo a los ojos sabía que decía la verdad, salvo que estuviera loco.

—Las mujeres se asustaban, se iban. Una mulata oyó la historia y vino porque presumía que ningún hombre la satisfacía. Cuando me vio desnudo, listo para poseerla, me dijo muy seria: "Coño, tú eres muy exagerado". Y para no chotearse, lo hicimos; ella encima de mí para controlar la situación y más nunca quiso repetir. El problema grande fue en el barrio.

—¿Por qué?

—Yo relinchaba dormido; me denunciaron. La policía me hizo un registro porque andaban tras el robo de caballos.

—¿Entonces qué pasó?

—Pensé en comprar una yegua para desahogarme, ¿pero dónde la iba a tener? Volví al médico veterinario para suplicarle por un cambio. Él, encantado con sus experimentos, hasta soñaba con el premio Nobel. Entonces me trasplantó la picha de un perrazo africano, que es la que tengo ahora, gorda, de buen tamaño.

—¿Funciona bien?

—Demasiado bien. Las mujeres tienen cuatro o cinco orgasmos mientras yo sigo sin terminar, gozando. Y sudo tanto que pongo a mi lado un pomo de agua. Una hasta se durmió y roncó debajo de mí.

—Así, pues, no te ha ido mal.

—Confronto dos problemas: las perras me huelen algo, me caen atrás.

—Como el flautista que atraía a los ratones con su flauta.

—Sí, huelen mi flauta.

—¿El otro problema?

—Que ladro dormido. Todos los perros del barrio responden, a la vez, a mis ladridos, como si yo fuera el jefe de la manada. Ya ningún vecino me habla, aunque los dejé revisar la casa para que buscaran al supuesto perro. También sufro de insomnio porque tampoco duermo con tantos ladridos. Y asómbrate: el tipo me va a poner una de gorila o chimpancé. Me explicó que esos animales no andan sueltos; no hay peligro de que alguno me caiga detrás ni son ruidosos. Claro que tengo otras inquietudes.

—¿Cuáles?

—La de una noche despertar encaramado en una mata o en un poste de la electricidad y que tengan que llamar a los bomberos para bajarme. Otro problema es que me falten los condones; como todo en Cuba, a veces escasean.

—Claro, para evitar enfermedades.

—Sí, también. Pero mi miedo es que si preño a una mujer, pariese un niño mitad mono.

—¡Coño, eso sería del carajo!

Olisbo ya debía irse y terminó la conversación. Se despidió seguido por las dos perras.

Pasaron los meses. Un día leí en el periódico el caso de un médico con el cargo de veterinario en el zoológico, acusado de violar la ley o la ética dados sus experimentos con animales y que sería enjuiciado. Por ello recordé a mi amigo, aunque no supe más de él hasta encontrarme en una esquina con otro compañero de la beca, quien me dio la noticia:

—¿Te enteraste de lo que le pasó a Olisbo "Pichita"? Lo agarraron de noche trepando por los balcones de un edificio de 12 plantas; ya iba por el sexto piso. Ahí mismo lo esperaron para cogerlo preso. Primero lo acusaron de intento de robo y cuando lo investigaron, vieron que era una persona decente y lo ingresaron en el hospital siquiátrica porque no dejaba de repetir que de noche se convertía en mono, sin poder evitarlo.

EL TORMENTO DE LOS MANIÁTICOS

Separados y divorciándose —su esposa no lo resistió más por sus manías—, en espera de conseguir una permuta de la vivienda por dos casas pequeñas, Ambrosio quedó a dieta de chícharos con ajos porros, mientras ella, gracias a su padre, almorzaba o comía carne de cerdo que freía en la cocina común después que él cocinaba su sancocho, torturándolo a mansalva con esos gratos olores.

Entonces Ambrosio no tenía más remedio que ir a sentarse en un portal de la esquina. Desde ese mirador, cada tarde, veía pasar aquella mujer por la acera: alta como él, de caminar rápido, unos 40 años, siempre apurada, vistiendo un uniforme gris claro bien entallado sobre su cuerpo.

Un día, la mujer resbaló y cayó al piso. Él, de un salto, brincó la baranda y antes que nadie la ayudó a levantarse, a recoger sus cosas; la acompañó a su casa, entraron en confianza y Atilana, que así se llamaba, aceptó la invitación a comer en un restaurante cercano.

Ella vivía con su hermano mayor, que años antes se creía un Don Juan. Ahora, sin mujer, se había vuelto alcohólico. Esa tarde perdió la reservación en ómnibus de un viaje a La Habana, por lo que regresó a la casa con una botella de ron para disfrutar su fantasía erótica preferida (en medio de sus borracheras), en la que, convertido en un hombre araña, atrapaba en su tela a una muchacha en ropa interior. Aquella ceremonia la celebraba en la oscuridad, bajo la cama, donde se masturbaba hasta quedar dormido en el piso.

Tras la cena acompañada de vino tinto en la que Ambrosio gastó lo que ganó en la quincena, Atilana —creía a su hermano de viaje— lo invitó a su casa, impresionada por la invitación a cenar y por lo bien que le cayó desde que la ayudó en su caída en la acera.

De sólo entrar, tras cerrarse la puerta, la besó, levantándola en sus brazos.

—¿Adónde me llevas?

—A la cama.

—¡Pero a este cuarto no, es de mi hermano!

—¿Qué importa? Si me dijiste que está en La Habana. Es una cama grande.

Realmente era el cuarto más cercano. Él no podía retroceder porque la cintura le anunciaba una de su crisis cuando hacia una fuerza como esa. Antes que tuviera que soltarla en el piso la tiró sobre la cama.

—Oye, me dejaste caer.

—A un buen colchón; es la ansiedad por verte acostadita como una paloma.

Por suerte no le arreció el dolor. Se desvistieron con prisa y cuando se iba a acostar sobre ella se sentó en la cama.

—Siento un ruidito, como un ronquido.

—Olvídate de los ruidos; dedícate a mí.

No le hizo caso; él caminó desnudo por la habitación. En la penumbra aplastó algo.

—Lo maté. Creo que era un grillo.

Ambrosio le cayó arriba, besándola por todo el cuerpo, con ganas de comérsela a mordidas, como si fuera un muslo de pollo. Y en ese agradable minuto lo perturbó el tictac del reloj despertador, por lo que se volvió a levantar.

—¿Qué te pasa ahora? Me tienes loca.

—Ese reloj. Déjame ponerlo en la sala.

Ambrosio regresó, comenzó a lamerle los senos, y fue en medio de esa sublime acción, en la que ella abría las piernas, esperando lo mejor de la noche, cuando frente a la ventana se paró un vendedor, ofertando su mercancía con todo el galillo de su voz chillona:

—¡Maní tostado, acabadito de tostar! ¡Coman maní para ser más fuertes!

Él la dejó con las piernas abiertas y sacó la cartera del pantalón: le quedaba un billete de 20 pesos y abrió la ventana.

—¿Cuántos cucuruchos trae?

—Me quedan unos 15. Son a peso.

—Démelos. Quédese con el vuelto.

Ambrosio tomó los cucuruchos, los tiró bajo la cama, cerró la ventana y se dispuso a recuperar la concentración para su banquete de Atilana. Mientras tanto, el viejo vendedor caminó contento hacia su casa; entró y le dijo a su viejita:

—Nena, lléname otra vez la lata antes que aparezca otro vendedor porque encontré a un tipo que parece que no tiene más nada que comer.

Ahora sepamos que, a pesar de sus manías, Ambrosio le sabía al amor, y al volver a la cama abrazó a Atilana, besándola. Cuando ella arribaba a la gloria, él se paró de un salto, dejándola otra vez a medias.

—¡Qué ocurre! ¡Tú eres siempre así o lo haces adrede para desesperarme!

—Los cucuruchos que tiré bajo la cama. Siento clarito a un ratón comiéndose el maní. Puede ser una rata porque mastica con fuerza.

—Yo también lo sentí, pero en mi casa no hay ratas. ¡Qué importa eso ahora!

—Así no puedo seguir. Déjame encender la luz para darle un zapatazo al ratón o a lo que sea.

En ese momento oyeron el pregón del vendedor, frente a la ventana, y luego una voz desde debajo de la cama:

—Compra más maní y tíramelo, que está muy bueno.